El Mundo Azul

Índice

Dedicatoria...

En Memoria de un soñador, Fredy "las manos de la imaginación",que me enseñó a soñar y a mi hermano Agustín, siempre presentes.

Agradecimientos:

Mechi, gracias por ayudarme a creer en mi; Frida, gracias por mostrarme otra dimensión del amor; Mary, gracias por estar siempre presente; Fer, gracias por ser mi gran amiga y confidente; Anelena, por siempre hacerme sonreír y Becky porque siempre has confiado en mi. Ustedes son mi familia y los amo mucho.

Ángel, gracias por confiar en el proyecto, pero en especial por brindarme confianza y apoyo en los momentos difíciles.

Gorka, eres mi hermano; gracias por tu ayuda y dejarme ver la vida como tú lo haces.

Jorge, gracias por las horas de trabajo que hemos pasado juntos y por tu apoyo.

Baro, gracias por el profesionalismo con las ilustraciones en la realización de esta obra.

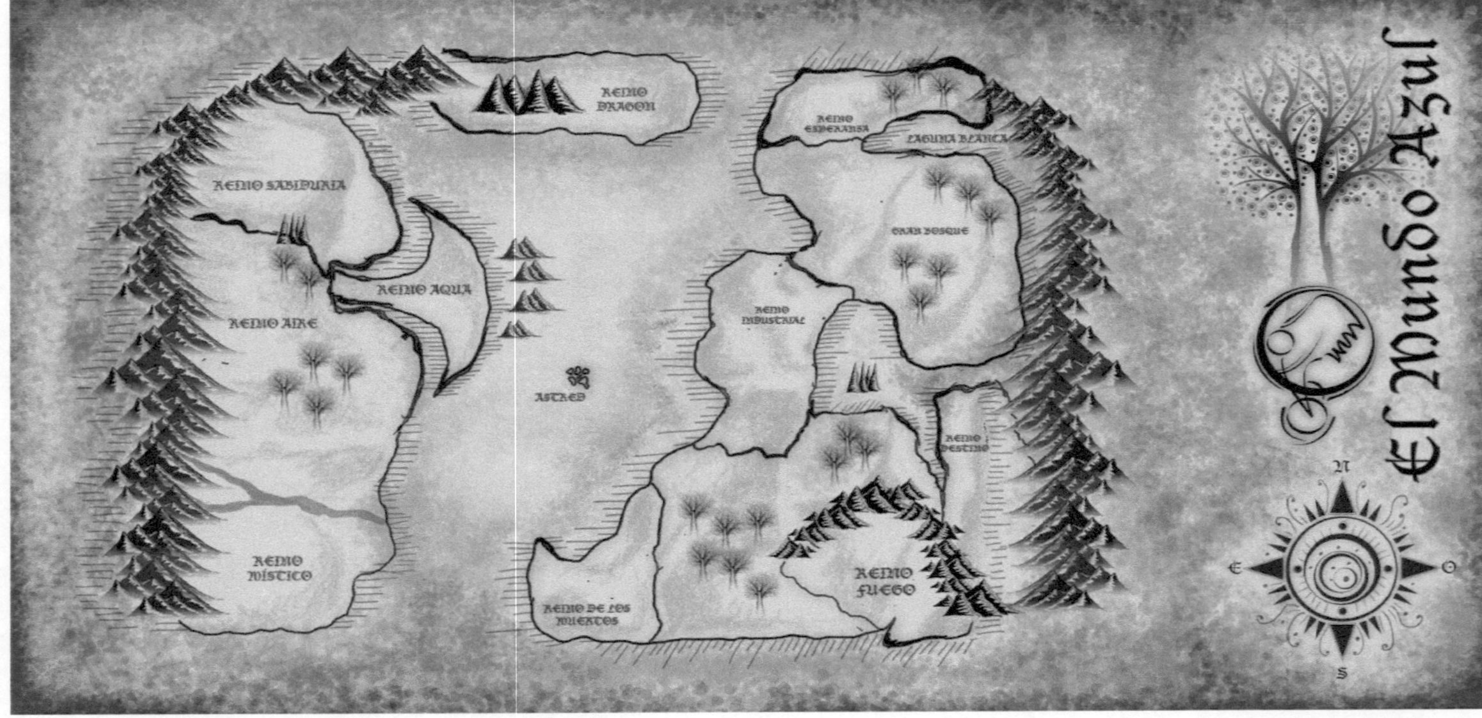

El Mundo Azul
REINO SABIDURIA
REINO DRAGON
REINO AQUA
REINO AIRE
ASTREB
REINO MISTICO
REINO DE LOS MUERTOS
REINO INDUSTRIAL
REINO ESPERANSA
LAGUNA BLANCA
GRAN BOSQUE
REINO DESTINO
REINO FUEGO
N
S
E
O

Prólogo

iajando a través de mis sueños, en medio de desilusiones, desesperanza, tristeza, falta de fe, al borde de la perdición, llegué a un mundo maravilloso. Al llegar a él no podía creer que me encontraba soñando, era demasiado real lo que sentía. Podía sentir el viento en el rostro soplando con gran fuerza, el olor de los mares, la energía de los seres a mi alrededor, la calidez del lugar, la energía correr por todo mi cuerpo.

Desperté sorprendido de lo que me había ocurrido, confundido al no saber si fue un sueño o en verdad logré transportarme a ese maravilloso mundo. No dejaba de pensar en él, desear estar ahí nuevamente. Llegó la segunda noche y nada apareció. Al poco tiempo comencé a soñar despierto, a imaginar cosas sobre ese sitio mágico en el que había estado.

Me di a la tarea de regresar a él y ver cómo podía continuar conociendo más de ese sitio. Un día, al insistir imaginándolo, mi mente me llevó a un sueño profundo y todo comenzó de nuevo. Fue igual que el primer viaje: los mismos paisajes, las mismas criaturas, los mismos colores, las mismas sensaciones.

Me levanté un poco aturdido porque el sueño se había repetido tal cual. Era momento de darle continuidad. ¿Pero cómo? Descifrando los acertijos en mi mente sobre ese mundo, decidí escribir sobre él. Su- cedió algo mágico: soñé con el mundo esa noche, pero había continuidad con el final de mi último sueño. Al despertar me di cuenta de que debía continuar la historia todos los días.

Cada vez escribía más sobre mis sueños, me volví un espectador del mundo viendo a sus seres crecer y convivir entre sí. Repito esta experiencia única día con día, para saber qué es lo que pasa en ese mundo. Lo que acabo de contar es El Mundo Azul, el mundo mágico que quiero compartir en este libro.

C.R.V. CERDÁN

El Mundo Azul

n un lugar apartado, dentro de un universo remoto, existe un planeta   con seres maravillosos y llenos de vida. Ese mundo es conocido como el Mundo Azul. En él existen muchos lugares grandiosos, creaciones extraordinarias de la misma naturaleza: montañas, volcanes, ríos, mares, valles, bosques, desiertos, selvas; en fin, es algo que no se puede describir a la ligera ni contar con palabras simples.

Lo que te digo y cuento lo tienes que sentir, tienes que lograr despertar tu imaginación para saber de lo que te hablo. Como todo tiene un principio, el Mundo Azul también lo tiene.

Hace muchos años, dentro de ese mundo habitaban diferentes criaturas, similares a las que vemos en la tierra. Una fauna muy abundante dependiendo de la ubicación, pero puedes ver cocodrilos, víboras, iguanas, lagartos, tortugas por mencionar algunos reptiles. Estos de distintos tamaños que se pudiera decir que son gigantes para lo que conocemos. Así como aves de distintos tipos y tamaños, algunas con rasgos diversos que pudieran parecer felinos o caninos. Grandes osos en los bosques, acompañados de venados con fuertes cuernos similares a ramas de árboles, roedores en árboles y madrigueras. En la selva felinos como tigres, leones, pumas, distintos tipos de monos, gorilas, changos. Sin dejar atrás a los dominantes de los mares, calamares, ballenas, tiburones, peces de distintos tamaños, colores y características físicas.

Hasta animales que son para consumo como vacas, pollos, puercos y borregos; la lista para describir a los seres del mundo es muy extensa para tomarla a la ligera. Conforme nos vamos adentrando en el mundo azul, se van a ir revelando los seres que forman parte de este. Pero había dos tipos de especies dominantes y que convivían e interactuaban diariamente: hombres y dragones.

Los hombres y los dragones fundaron una ciudad, la primera de su era, nombrada Tagrone. Se ubicaba al norte de las minas y desembocaba en el mar. La atravesaba un río formado por canales subterráneos, pasos de agua libre y arroyos, y toda esta agua provenía de la laguna gris. La laguna gris era considerada como la segunda laguna en importancia en el Mundo Azul, esto se lo ganaba por la riqueza en fauna y flora. Se llamaba laguna gris por el color que tenía la arena que se ubica en sus profundidades y acompañaba sus orillas. Si veías la laguna desde arriba un color gris plateado brilloso se reflejaba con la ayuda de los rayos del sol en el día. Por la noche el reflejo de las lunas que rodeaban al mundo azul hacía que el tono gris de la laguna se oscureciera aparentando como un desierto con arena en movimiento. Una gran montaña se encontraba en el centro con este mismo color. Tanto los hombres como los dragones decidieron asentarse en ese territorio por su ubicación geográfica y la abundancia de recursos naturales.

Entre los hombres y mujeres, los había de todo tipo: altos, pequeños, enanos, gordos, flacos, diferentes tipos de pelo, diferentes tipos de tez. Convivían entre sí, conociendo y creando formas para relacionar- se unos con otros. Los dragones que habitaban ese mundo eran de cuatro tipos: rojos, azules, grises y verdes, con habilidades y características diferentes.

La ciudad de Tagrone, donde hombres y dragones convivían, es- taba dividida en zonas, en las cuales se realizaban tareas diferentes para hacer que la vida de todos fuera más práctica: zonas de siembra, ganade- ría, minería, pesca, artesanía y comercio. Los ancianos de la ciudad eran los maestros en todo tipo de enseñanzas, estaban encargados de pasar el conocimiento a los jóvenes y adultos. Imposibilitados por su edad para realizar otras tareas, esta era su manera de contribuir a que todo siguiera su curso.

No existía un gobierno específico en la ciudad. Cada uno de los habitantes sabía lo que tenía que hacer y por qué debía hacerlo. Pero sin importar el tipo de gobierno y sociedad, existían distintas opiniones en la convivencia diaria, lo cual llevó a desacuerdos y conflictos. Con el tiempo, mientras el hombre se desarrollaba más con la enseñanza de los dragones y con su propia experiencia, los conflictos se presentaron con más frecuencia.

Llegó el día en que los dragones, decidieron abandonar la ciudad y buscar nuevos territorios, al ver que los hombres comenzaban a tener mayores conflictos con ellos y entre ellos mismos.

Los dragones rojos fueron a la zona de los volcanes, al sur, donde el clima era más adecuado para sus necesidades. En la zona volcánica, las temperaturas llegaban a ser muy elevadas, ideales para la piel de los dragones rojos. Con esto desarrollaban más su vuelo, el calor les permitía extender mejor sus alas y prolongar su alcance más allá de lo normal. En esa zona lograban que evolucionara su habilidad para producir fuego. El humo volcánico se impregnaba en los pulmones de los dragones rojos, esto les hacía crecer estos órganos y su capacidad de combustión aumentaba al crear llamas.

Los dragones verdes se marcharon al noreste del mundo, a la zona de los grandes bosques, territorio que los ayudaría a camuflarse; además, la humedad de los árboles hacía que su respiración fuera mejor.

Las cuevas que se encontraban que se encontraban en este territorio eran su lugar natural de defensa y refugio. Las cavernas y cuevas subterráneas eran ideales para poder desarrollar una comunidad apartada de la mano del hombre. Estas cavernas son alimentadas por el agua que proviene de la laguna blanca.

Los dragones azules se fueron a las profundidades del mar, que era su territorio por naturaleza: ellos tenían la capacidad de respirar bajo el agua y nadar a gran velocidad. Evolucionaron durante este cambio, logran desarrollar habilidades para controlar las corrientes marinas y logran ser llamados los reyes de las profundidades.

Los dragones grises fueron los únicos que se quedaron y trataron de convivir con los hombres. Pasaron los años y los hombres comenzaron a dividirse en grupos. Con el tiempo esto terminó en la formación de cuatro clanes.

Cuando se dio la división de clanes, los dragones grises no guardaron esperanzas para los hombres y se fueron. Sabían que el hombre no estaba preparado para vivir en armonía con distintas maneras de pensar en una misma ciudad. Los clanes tenían diferente forma de ver la vida, formas distintas de desarrollo y en muchas ocasiones chocaban por su manera de pensar.

Lo que para algunos era bueno, para otros era malo; unos veían necesarias algunas conductas y otros las consideraban innecesarias porque confiaban en otros medios. En la ciudad empezaron a vivirse momentos de tensión y surgió la discriminación entre clanes. El orden de la ciudad comenzó a desaparecer, y pronto el caos afectó los medios de producción y el comercio.

El resultado de esto fue terrible para los habitantes: hubo enfrentamientos en las calles y los trabajos, unos por querer oprimir al débil y otros por defender al oprimido; otros más, por simple supervivencia. ¿En qué momento cambió de ser una ciudad prospera y ordenada a perder el control y llegar a la anarquía total? El caos comenzó a devorar la ciudad.

Los líderes de los clanes llamaron a la calma y prudencia, forma- ron un consejo durante el cual se llegó a varias conclusiones: la ciudad de Tagrone sería una ciudad libre y neutral, los clanes tendrían que salir de ella y dirigirse a diferentes regiones a fundar sus propias ciudades con su ideología de vida, siguiendo sus instintos y maneras de pensar, pero ya sin imponerlos dentro de la ciudad.

Los clanes abandonaron la ciudad y se marcharon hacia diferentes partes del Mundo Azul. A los hombres que no forman parte de estos clanes y se excluyen de sus maneras de pensar, se les permitiría quedarse en Tagrone.

Durante la marcha de los clanes se separaron en más grupos y continuaban con su peregrinaje. El resultado de este fue la formación de siete reinos: Reino Fuego, Reino de los Muertos, Reino Destino, Reino Aqua, Reino Esperanza, Reino Sabiduría y Reino Aire, cuyos confines estaban delimitados por fronteras naturales, como el mar, las montañas o los bosques.

Durante el peregrinaje y la fundación de estos nuevos reinos, los hombres de estos clanes comenzaron a experimentar nuevas vivencias y desarrollar nuevos aprendizajes. La evolución se volvió presente en ellos, dejando atrás las características que presentan los hombres de su ciudad natal.

Esto se logró porque gracias al alto nivel de desarrollo que alcanzaron, dejaron atrás la idea del hombre tal cual como lo conocemos y desarrollaron una infinidad de características especiales nunca conocidas.

Esta evolución les dio habilidades sorprendentes a esos seres, como   el poder de volar, el poder de respirar bajo el agua, el poder de hablar con los animales y plantas o el poder de controlar energías y manipularlas para su beneficio, como la magia y la hechicería; otros se hicieron resistentes al fuego o perdieron todo tipo de sensibilidad humana. Una infinidad de características que los apartaban cada vez de aquella figura humana de la que provenían.

Los únicos que no desarrollaron ninguna clase de habilidad fueron   los hombres neutrales, aquellos que se quedaron en la ciudad de Tagrone. Con el tiempo dejaron de llamarlos hombres neutrales y se les conoció simplemente como hombres. En cambio, los hombres de los otros reinos dejaron a un lado ese nombre, que los unía con su pasado, y se autodenominaron conforme a los nombres de las regiones en las que habitaban.

De ese modo, las nuevas razas que nacieron fueron los voulcanos (Reino Fuego), los mercenarios, corsarios y piratas (Reino de los Muer tos), los hechiceros y ardegales (Reino Destino), los terratenientes (Reino Esperanza), los anfibius (Reino Aqua), los magos y axpanes (Reino Sabiduría) y los ángeles (Reino Aire).

Estas razas se desarrollaron dentro de sus reinos y algunas con vivían con los demás por distintos propósitos comerciales, políticos, geográficos, etc. Pero lo que predominaba era para la obtención de recursos que no existían dentro de sus propios territorios.

Algunas razas, por su ubicación, desarrollaron formas de convivencia y comunicación con las criaturas que ya habitaban sus reinos, entre ellas los dragones. Gracias a ello lograron que los reinos se unificaran más con la ayuda de los dragones, dado que compartían sus formas y maneras de pensar.

Las formas de gobierno que asumieron estos reinos eran diferentes entre sí, pero con cierto grado de respeto para evitar conflictos de manera constante, aunque se produjeron cada tanto.

Muchos años pasaron y durante este tiempo, los reinos comenzaron a tener crecimiento y desarrollo. Lo que había sido el antiguo territorio donde nacieron todas las culturas, la ciudad de Tagrone, adquirió mayor importancia y tuvo un gran crecimiento debido a que sus habitantes recibían el comercio que venía de todos los puntos del mundo.

Esta ciudad estaba manejada por el hombre neutral, o simple- mente por el hombre, que pronto sufrió una división dentro de su población, hombres y enanos. Se nombraba enanos a los hombres pequeños, quienes compartían muchas características físicas con los hombres comunes, pero cuya reducida estatura hacía que tuvieran limitaciones para unas tareas, aunque ventajas para muchas otras.

Cuando comenzó el crecimiento de este reino, se logró la construcción de una ciudad con ayuda de los hombres y de los enanos que se llamó Indosta, la cual prometía convertirse en la capital de producción del mundo comercial.

A su vez, el reino de los hombres fue nombrado reino industrial,porque la mayoría de las materias primas provenientes de distintas partesdel mundo llegaban a ese lugar y eran transformadas en infinidad de productos, los cuales a su vez eran distribuidos a los reinos.

Con el tiempo, los reinos comenzaron a manifestar sus verdaderos intereses, lo que los llevó a aumentar los conflictos entre sí. Enfrentamientos continuos, batallas feroces, guerras interminables que hacían parecer que llegaba el final de la paz aparente que un tiempo reinó en el Mundo Azul. El equilibrio del mundo comenzaba a verse amenazado.

En la única parte del mundo donde podían convivir diferentes especies eran Tagrone e Indosta, pero nadie sabía con certeza cuánto tiempo duraría esta situación.

Nacimiento del Reino Dragón

n el norte se dio un suceso que cambiaría por completo la vida del Mundo Azul. A unos cuantos kilómetros del territorio de Ghrahes (territorio habitado por los dragones grises), una gran tormenta llegó con un poder sobrenatural que abrió caminos y formó un valle en un área completamente desértica. La tormenta duró 19 días sin que cesara la fuerza que contenía. Las nubes nunca llegaron a separarse; los truenos y relámpagos continuaron con gran fuerza. Justo llegado el final de los 19 días, de un momento a otro cesó.

Entonces se sintió paz en el aire, tranquilidad total, como si el tiempo se hubiera detenido por completo. La tormenta trajo consigo la creación de una laguna relativamente pequeña; su extensión no llegaba siquiera a un kilómetro de diámetro, con agua completamente cristalina que reflejaba un brillo azul sin igual. La laguna duró en este maravilloso valle sólo nueve días.

Algo inexplicable sucedió la mañana del noveno día. El sol brillaba sobre la laguna reflejando una belleza inigualable, el sentimiento de paz que producía el lugar era mágico. Son pocas las palabras que podrían describir esta belleza.

De pronto, el cielo se oscureció en unos cuantos segundos, ni un solo rayo del sol lograba pasar hacia la tierra. La noche eterna había caído en el lugar. No se escuchaba ningún ruido, no soplaba el viento, parecía que el mundo se había detenido nuevamente.

Las nubes se abrieron justo sobre el centro de la laguna y un rayo blanco cayó encima deslumbrando por completo el lugar. Fue tan poderosa la luz del rayo que llegó a verse hasta en el territorio de Ghrahes. Era como si un brazo del sol tocara la laguna.

Terminando el deslumbramiento, todo volvió a la normalidad. Las nubes desaparecieron, el cielo se abrió, el aire volvió a soplar y los ruidos de la naturaleza comenzaron a escucharse nuevamente. Pero la laguna ya no existía, el territorio quedó completamente seco, sin un solo rastro de agua, como si nunca hubiera existido.

En el área de la laguna, justo donde antes se hallaba el centro de la misma, apareció un huevo de dragón muy grande de color plateado, con tres líneas doradas que lo rodeaban por completo. El brillo que emitía simulaba respiraciones: al momento de la inhalación, brillaba más el color plateado; en cambio, al momento de la exhalación, el color más brillante era el dorado.

Alrededor del misterioso huevo se formaron diferentes figuras. Se abrieron grietas en la tierra que formaban siluetas de hombres con los brazos extendidos, completamente abiertos, como si estuvieran tocando el cie- lo; en lo que parecía eran sus pies se formaba un círculo del tamaño de estas grietas sin fin. En el centro del círculo apareció dibujada con trazos la figura de un hombre: sus piernas se juntaban y estaban rodeadas por un pequeño círculo; de un lado de la cabeza se formaba la figura de un ala, como un ave emprendiendo el vuelo: una figura realmente hermosa y perfectamente realizada, como si el mismo sol la hubiera estampado sobre el piso.

18

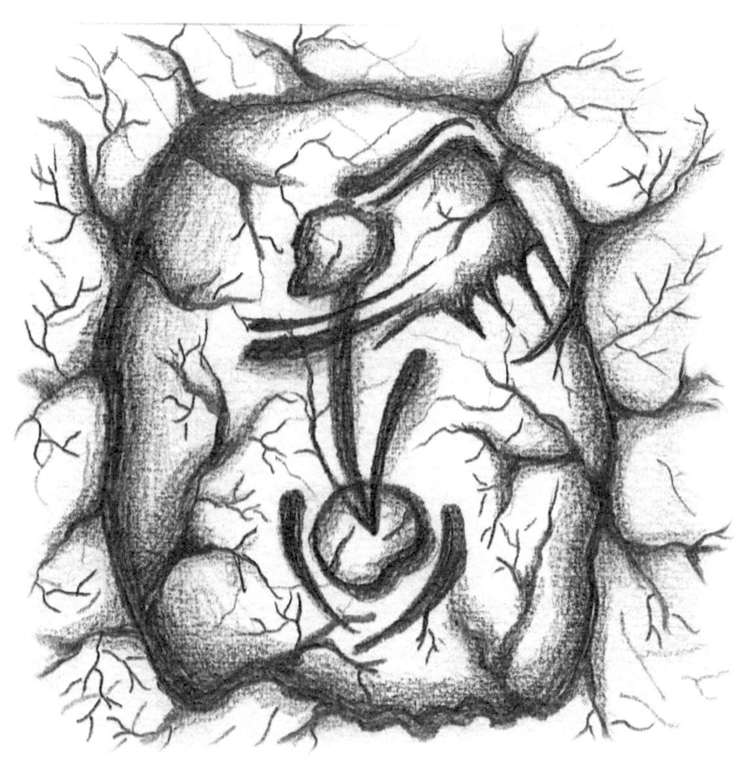

C. R.V Cerdán

Después de este suceso pasaron dos días completos. Cuando comenzó el tercer día, un brillo azul subió por las grietas y abrió el huevo. De él salieron dos pequeños dragones de color blanco, con alas como ángeles y con destellos dorados en ellas.

A diferencia de los demás dragones, estos alcanzaron la madurez física en tan sólo diecinueve días y pronto aprendieron a comunicarse en-tre sí. A partir del día veinte y durante nueve meses, volaron los dragones por todos los rincones del Mundo Azul, descubriendo sus vivos colores, sus enigmáticos olores, sus inigualables maravillas naturales y a los increíbles seres lo habitaban.

Durante su periplo, los dragones desarrollaron la facultad de poderse comunicar con la mayoría de los seres del mundo sin importar que fuese planta o animal. Tenían la habilidad de poder controlar la energía y transformarla, lo que comúnmente es conocido como el arte de la magia y la hechicería. Las alas que les fueron otorgadas se desarrollaron para poder cruzar los cielos, llegar a límites que pocos podían y lo más importante de todo: conseguir el respeto y la fidelidad de la mayoría de los dragones, logrando mostrar un liderazgo por su actitud, mostrando un gran poder, impartiendo enseñanzas, pero sobre todo mostrando un corazón fuerte ynoble.

Una vez terminado su largo viaje y después de compartir nuevas experiencias, de conocer nuevas culturas, disfrutar de nuevos sabores, aprender de distintos olores, convivir con los pobladores de los distintos reinos y rincones del mundo, los dragones regresaron a su lugar de origen.

Gracias a la habilidad desarrollada durante este periodo lograron construir un palacio. Lo ubicaron en el lugar que les dio vida, donde se encontraba la laguna que los vio nacer. En esta zona no había ya más que una planicie verde, con un pasto suave y terso.

C. R. V Cerdán

Aunque pareciera que nunca existió una laguna ahí, ambos sabían justo el lugar donde fue depositado el huevo de donde provinieron. Justo en ese centro decidieron erigir el palacio que sería su nuevo hogar.

La construcción del palacio fue algo muy especial, tomaron su lugar en los extremos, viéndose de frente cada uno. Levantaron los brazos e hicieron movimientos que generaban grandes ventiscas que se convirtieron en remolinos. Estos remolinos se movieron como si estuvieran bailan- do y fueran de distintos colores, amarillos, blancos, dorados, plateados, azules, verdes y rojos. Mucho era creado, uno tocaba a otro y emergía uno nuevo del suelo. Al son que iban moviéndose, la edificación empezó a presentarse. Se veía a ambos dragones dejando detrás los brazos y continuando los movimientos con las alas, como si estas le dieran forma al diseño de construcción.

Una vez terminado el palacio en color blanco, con destellos azules y dorados, se pudo apreciar una obra arquitectónica sublime y perfecta. Su hermosura era inigualable: no quedaron rastros de las junturas de sus partes, como si lo hubieran edificado de un solo bloque, en un solo trazo. El palacio presentaba vitrales con cristales de muchos colores que formaban figuras que representaban paisajes del mundo azul. Cada una de las puertas de este recinto tenía detalles tallados en la madera con figuras de distintas especies del mundo, algunas de estas especies eran desconocidas para los mismos dragones hermanos. Pero algo impresiono a los mismos creadores, fueron los murales que se presentaron en techumbre y paredes de distintos cuartos, salones y áreas del palacio. Sin tener mucho sentido, los murales describían formas y figuras extrañas a primera vista, pero hermosas a la vez. Se presentaban distintos paisajes en estas pinturas, en su mayoría eran acompañadas con el sol, símbolo de este reino. El palacio estaba adornado en su periferia con jardines, fuentes, espejos de agua, en fin, varias áreas que le sumaban belleza al lugar.

Ya en su palacio terminado, los dragones meditaron durante dos largos años: ambos suspendidos en el aire, se sumergieron en un estado consciente en el que estrecharon aún más los vínculos que los unían y alcanzaron el nivel máximo de desarrollo.

Durante este período, el palacio tenía repentinos destellos de colores en las paredes y las figuras en los mu- rales, vitrales y puertas fueron cambiando. Pareciera que cobraban vida y eran modificados de acuerdo con lo que pasaba en la mente de los dragones durante su meditación.

Cuando el estado de meditación acabó, los dragones salieron al mismo tiempo del palacio y una vez que se encontraron en la entrada principal, gritaron sus nombres: Dyaron y Noryad. Estos son los nombres de aquellos dragones que cambiarían el destino del Mundo Azul.

La fuerza que comenzó a emanar de ellos era inconmensurable. Compartían todos sus conocimientos y entrenaban para aumentar sus facultades. Entonces comenzaron a distinguirse por sus habilidades: Dyaron, por su conocimiento y la capacidad de comunicarse con otros seres vivos, sin importar que se encontraran o no cerca de él; Noryad, por el poder de su fuerza y la habilidad de crear dentro de él inmensas cantidades de energía y transformarlas.

Con el tiempo comenzaron a llegar al palacio diferentes razas de diversas partes del mundo, para convivir con Dyaron y Noryad, y aprender sus secretos y su sabiduría. Dyaron se dio a la tarea de escribir un libro al cual nombro como "El libro de los secretos del Mundo Azul", y lo escribió en una lengua creada entre los dragones para poder comunicarse.

Esta lengua era conocida como Honrad. El libro se escribió en esa lengua para que no cualquiera pudiera conocer los secretos del mundo, secretos que en manos equivocadas podrían causar mucho daño. Esto por el tipo de contenido que va muy de la mano de la hechicería y la magia.

Durante mucho tiempo se pensó de este como si fuera una leyenda o un cuento de niños. Muy pocos sabían de su existencia. Se volvió un secreto a voces en el reino y sólo las cúpulas de los demás reinos llegaron a escucharlo nombrar.

Con el tiempo, ambos dragones fueron nombrados reyes y líderes de todas las razas de dragones que existían en el Mundo Azul. Todos los reinos comenzaron a mostrar respeto a este reino y devoción a sus líderes. El Reino Dragón comenzó a intervenir en los enfrentamientos entre reinos, pero muy pronto esto dejó de ser suficiente para mantener la paz y con el paso del tiempo los enfrentamientos siguieron aumentando.

"El poder corrompe a todas las criaturas, sin importar lo puras que sean. El corazón es frágil ante las emociones. Esto fue lo que comencé a sentir en mi propio hermano. Es difícil aceptarlo: tengo que hacer todo lo posible para que no sea corrompido por completo". *Pensamiento de Dyaron, años después de ser nombrado Rey de los Dragones*.

Risco Perennes

ablemos de otro reino dentro del maravilloso Mundo Azul, donde las aves son libres y los paisajes grandiosos. Toca el turno al Reino Aire, considerado uno de los reinos más poderosos y justos de este mundo. En el Reino Aire habitan armoniosamente ángeles y dragones grises. Ambas especies son capaces de volar. El cielo es del dominio de sus habitantes.

En este mundo vivía Anir, una pequeña que fue adoptada por Rioda, famosa por ser una de las cabezas del Ejército de los Cielos, que en el Mundo Azul era conocido como el más letal y poderoso. En las filas del Ejército de los Cielos se encontraban los combatientes más honrosos y nobles, instruidos en las grandes técnicas de combate.

Este ejército se formó no por el afán de destruir, sino de defender lo que es justo. Estar en el Ejército de los Cielos era un honor al que pocos podían acceder. Exigía disciplina, coraje, valor y entrega total. Tanto ángeles masculinos como femeninos tenían la misma oportunidad de integrarse a este ejército. La prueba de ingreso se realizaba entre los jóvenes a los 14 años, edad en que las alas comenzaban a tener mayor fuerza y capacidad de entrenamiento.

El Mundo Azul estaba viviendo un momento de inestabilidad como podríamos nombrarlo, al poco tiempo que Anir llega al Reino del Aire. La inestabilidad que se presentó llevó consigo a varios enfrentamientos en donde el Ejército de los Cielos se tuvo que medir con distintos enemigos, teniendo más bajas de lo regular.

C. R. V Cerdán

Por ello, todos los jóvenes ángeles del reino tienen que hacer el intento por ingresar al ejército. Esta tarea no es nada fácil, se necesitan años de preparación antes de hacer una prueba. Se debe tener un cierto nivel de conocimiento general, dominar un par de disciplinas y tener entrenamiento físico.

Rioda tomó la decisión de comenzar a entrenar a Anir desde muy pequeña. Al no contar con la sangre de ángeles en las venas, no le crece- rían alas con el paso de los años, como sucedía naturalmente con los otros pequeños del reino. No había forma alguna de que Anir pudiera tener un par de alas. Para poder desarrollar el vuelo y pertenecer al Ejército de los Cielos, tendría que aprender técnicas para volar de los magos aliados del Reino Sabiduría. Pero esto también resultaba un tanto difícil por no contar con descendencia de magos o hechiceros. Otra opción, la más viable de todas, era que recibiera entrenamiento para apoyarse en los dragones grises y así lograr emprender el vuelo.

Desde niña, Anir sufrió cierto rechazo por no ser un ángel de sangre directa. El hecho de ser adoptada fue un hecho difícil de superar. Desde niña, Rioda le decía que era una luz de esperanza traída a su vida y que nunca debería pensar lo contrario. Rioda nunca pudo tener descendencia, pero desde que Lucius le llevó a la pequeña, la alegría reinó en su vida para siempre.

A partir de ese momento le dio un trato especial, pero no un trato suave y complaciente para protegerla y hacerle las cosas más fáciles; por el contrario, el trato que recibió la pequeña Anir fue tan estricto y duro que cada día se le exigía mayor esfuerzo de su parte. Rioda era una maestra muy enérgica. Comenzó tratando a la pequeña con mano dura desde que tenía cinco años. Con el tiempo se dio cuenta de que eso era demasiado, y sufría realizando esa tarea: no podía imponer demasiada presión a lo más importante de su vida.

C. R. V Cerdán

Dada esta situación, acudió a pedir apoyo a los dragones grises que habitaban cerca de la ciudad de Haofe, en el Risco Perennes, donde habitaba un grupo de dragones aliados de los ángeles. Para su sorpresa, Lucius se encontraba ahí, platicando, y entre todos acordaron una forma de entrenamiento.

En el futuro, Anir lograría no sólo ser parte del Ejército del Aire, sino incluso convertirse en una de sus líderes. Lucius, conversando con Rioda, le sugirió no preocuparse por las alas de Anir: ella aprendería a valerse en la vida sin necesidad de ellas.

La primera parte del entrenamiento consistió en instruir la mente, adquirir conciencia y conocimiento, por lo que físicamente el esfuerzo sería poco. En esta primera parte, que duraría ocho años, Anir recibió constantes visitas de Lucius, quien le dejaba tareas por realizar. Lo primero era enseñarle a leer. Desde muy pequeña había sido muy inquieta, por lo que sería difícil realizar esta tarea. Había que llamar su atención por medio de dibujos estampados en los pergaminos que Lucius llevaba consigo.

Le enseñó a identificar los diferentes objetos que le mostraba y le dio la tarea de aprender a identificarlos por medio de ilusiones. Con el tiempo, cuando esto se volvió rutina, la interpretación dejó de valerse de ilusiones creadas; ahora todo sería por medio de la imaginación. Cuando la imaginación de Anir estuvo en un punto en que su mente se encontraba en equilibrio, comenzó el segundo paso. Esto sucedió cuando apenas tenía nueve años.

La siguiente etapa del entrenamiento se dio por medio de la lectura: aprender leyendo. Esta actividad se volvió una de las más grandes pasiones de Anir, quien así descubrió el poder del conocimiento. Lucius escogía las lecturas y sólo le daba un breve tiempo para terminarlas. *C. R. V Cerdán*

Con el paso del tiempo, las lecturas se volvieron más extensas, mientras las horas asignadas para ellas se reducían. Muchas veces las vi- sitas de Lucius al Reino Aire se prolongaron de 15 a 30 días. Esta etapa continuó hasta que Anir cumplió los 13 años, y a la lectura se agregaron prácticas físicas no tan frecuentes como las que debían hacer los ángeles que estaban dispuestos a tomar la prueba en las filas del ejército.

Las pruebas de Anir estaban enfocadas a mantener el equilibrio, a adquirir una excelente condición física que la hiciera capaz de aguantar largas caminatas, y a adiestrarse en el uso de las armas, entre ellas la espada, el arco y la flecha.

Mientras pasaba el tiempo, Anir asimilaba profundamente las lecturas que Lucius había elegido para ella. Cuando al fin llegó el día de tomar camino para realizar las pruebas del Ejército de los Cielos, Lucius decidió llevarla primero al Risco Perennes, donde aprendería al lado de los dragones grises. Rioda, desconcertada, lamentó la decisión de Lucius; el entrenamiento al lado de los dragones grises implicaría dejar de ver a su hija por un largo periodo y el programa era tan estricto que incluso la más breve de las visitas se consideraba una gran distracción.

Lucius la llevó al risco con la idea de que se entrenara durante tres años y cuando tuviera 17, pudiera intentar ingresar al Ejército de los Cielos como si tan sólo tuviera 14; para que le dieran esa oportunidad contaba con la ayuda de Rioda, quien era estimada y respetada en el consejo y en el ejército.

Lucius fue por la pequeña. Las reglas eran claras: el viaje sería sin ayuda de magia, no podrían volar para llegar a la cima. Tendría que escalar los riscos para poder llegar hasta donde habitaban los dragones.

El Camino era muy difícil y complicado, muy pocos podían llegar a la punta de los riscos sin volar. Caminaron por el sendero de Haofe, que marcaba el inicio del risco:

—Anir, pequeña, ha llegado el momento de que sigas sola. Te es- taré esperando en la primera parte del camino, que es en la partecentral de esta montaña —le dijo Lucius justo cuando estuvieron frente a gran montaña que al parecer llegaba hasta las nubes y no acababa nunca.

—Pero, maestro, es imposible que logre subir sin su ayuda, es un reto muy grande —dijo Anir con gran sorpresa.

—Tienes razón, es un reto, y como tal, lo tienes que cumplir, tienes que comenzar a creer más en ti. –Le dijo Lucius con un tonofirme.

—¿Cuándo sabré que he llegado a la mitad del camino? —preguntó Anir, cada vez más preocupada.

—Pequeña, lo sabrás, confía en mí. Mi momento de partir ha llegado. Recuerda tu entrenamiento y por qué estás aquí. Confía enti, eso es lo más importante —regalándole una sonrisa con esas palabras, Lucius se despidió de la pequeña y de inmediato, em prendió el vuelo en dirección contraria. Anir se fijó en la posición del sol. Sabía que pronto la oscuridad de la noche descendería y que, sin luz natural, no tendría la misma habilidad de subir la montaña. Se sentó frente a la montaña y trató de encontrar la ruta más corta. Dejó que pasara el tiempo. Entonces cayó la noche.

De un momento a otro, el sol se ocultó en el horizonte y la luz de ambas lunas no fue suficiente para reemplazarlo. Después de darle vueltas al asunto, Anir supo que la manera más rápida para subir era realizar un movimiento en línea recta, pero también sabía que el tamaño de la montaña haría que se cansara muy rápido.

Recordando las lecturas y enseñanzas de los libros de Lucius, tomó la decisión de realizar su propio camino de lado a lado, caminando cierto número de pasos hacia la derecha y luego avanzando el mismo número de pasos hacia la izquierda. De esa manera no se cansaría tanto y lograría avanzar a mayor velocidad sin necesidad de realizar un gran esfuerzo. Logro conciliar el sueño y descanso ese día con la luz de ambas lunas como su techumbre.

A la mañana siguiente se levantó, tomando una serie de respiros y con el ánimo por delante comenzó a caminar súbitamente, sin dudar ni un solo momento de que lo que hacía era lo correcto. Avanzó un gran trecho y tomó un descanso. Razonó que las enseñanzas de los libros traían grandes frutos. Mientras descansaba, meditó sobre el camino que había escogido y sabía que no podía defraudar la confianza de Rioda y Lucius.

Cuando terminó la meditación, faltaba muy poco tiempo para que de nueva cuenta se ocultara el sol. Tendría que acelerar el paso por-que una vez que el astro no estuviera en el cielo sería más difícil ver el camino, pero también sería fresco el clima al bajar la temperatura.

Creyó haber llegado al centro de la montaña, apareciendo una planicie con aumento de vegetación. Al adentrarse en medio de los árboles altos y tupidos que tenía enfrente, encontró una laguna que estaba rodeada por estos árboles y en el fondo se encontraba una enorme cascada. El flujo de donde proviene el agua aparecía de en medio de la montaña. Se lograba ver una pared rocosa sin fin que se perdía en el cielo por una gran abertura de donde provenía este torrente generador de agua.

A pesar de que la cascada rompía al tocar la laguna generando corriente y ruido, sintió una paz abrumadora, la misma paz que hizo que se recostara a la orilla, a los pies de un árbol y tomara un descanso. Este descanso duraría toda la noche.

A los primeros rayos de sol, se despertó y se acercó a la cascada a tomar un poco de agua. Una sombra proyectada desde el cielo voló sobre la cascada. Anir giró el cuerpo y entonces vio a un ángel muy peculiar, con las alas grises con tonos azules. De un momento a otro, el ángel embistió contra ella, en picada. Anir nunca imaginó que el ángel la fuera a atacar y logró esquivarlo arrojándose hacia el lado izquierdo.

—¿Quién eres y por qué me atacas? —gritó Anir al levantarse rápidamente.

El ángel no respondió y voló de nuevo en picada hacia ella, esta vez a mayor velocidad. Anir sintió tanto miedo que ni una sola parte de su cuerpo se escapó a un temblor vigoroso e incontrolable. Sólo pudo cruzar los brazos y cubrirse el rostro. De repente, el ángel se detuvo a unos cuan- tos pasos de Anir, justo frente a ella.

—¿A qué has venido al Risco Perennes? —dijo Pragul (ángel de alas grises y azules).
—El motivo de mi viaje no es de tu interés —respondió Anir al mismo tiempo que bajaba los brazos del rostro con cierto nerviosismo.
—Por supuesto que es de mi interés. Soy Pragul, el guardián de estas tierras, y tienes que responderme. Nadie puede pasar por estos caminos sin mi aprobación —contestó el ángel con tono firme y soberbio.

Anir, completamente paralizada, pensó en darle una pronta res- puesta. Sabía que de no hacerlo, trataría de herirla nuevamente.

—Soy Anir, hija de Rioda. Vengo de Haofe y tengo que llegar al final de la montaña para entrenarme con los dragones grises —su voz intentaba demostrar seguridad.

C. R.V Cerdán

—No mientas, Rioda es una de las líderes del Ejército de los Cielos, y por ende, su descendencia tendría algún parecido con ella; por lo menos tendrías alas, aunque fueran pequeñas. Me quieres engañar diciéndome que eres de Haofe cuando sólo los ángeles viven en esa región —respondió Pragul con una voz que aumentó poco a poco de volumen hasta que se volvió un grito, acompañado de un batir de alas como señal de enojo.

—¡No miento, jamás lo he hecho! Mi madre es Rioda, aunque no de sangre, sí de corazón. ¡Ella me ha adoptado, esa es la razón por la que no tengo alas y no las podré tener! —gritó Anir con desesperación y la venció el llanto.

—Ya veo. No tienes madera para entrenarte con los dragones grises, no aguantarías ni un solo día. Es mejor que regreses —dijo Pragul al tiempo que le dio la espalda a Anir.

—No puedo irme, tengo que llegar con los dragones grises, no pue- do fallarle a mi madre —dijo Anir tratando de contener el llanto.

—Comprendo tu desesperación por querer ganar la aprobación de tu madre, pero tus motivos son equivocados. Sin embargo, tu tenacidad me gusta. ¿Te digo algo?, si logras superar una serie de pruebas, te dejaré seguir tu camino a la cima. ¿Estás de acuerdo? —dijo el ángel dando nuevamente media vuelta y quedando frente a Anir.

—Estoy de acuerdo —contestó con firmeza la niña, atemorizada por la naturaleza de las pruebas.

Pragul pidió a Anir esperar hasta que él regresara a mediodía. Abrió las alas y emprendió el vuelo a gran velocidad con dirección al cielo. Anir no sabía en lo que se había metido. Tomó agua de la laguna y se sentó un momento frente a la cascada a meditar y a enfocarse en que tenía que superar las pruebas que se le presentaran.

C. R.V Cerdán

Pragul regresó a mediodía con alimento suficiente para ambos. Encontró a Anir meditando como si estuviera en un sueño muy profundo. Sintió la energía llena de paz que emanaba de ella. Esperó a que Anir saliera de su meditación y entonces le ofreció alimento.

Mientras ambos comían, Pragul le habló de las pruebas que tendría que enfrentar y que no importaba cuánto tiempo tardara, eran necesarias para poder seguir el camino. Entonces acordaron comenzarcon las pruebas a la mañana siguiente.

Anir regreso debajo del árbol que le brindo cobijo la noche anteriory descansó. Pragul emprendió nuevamente el vuelo; no supo adónde fue o qué hizo. A la mañana siguiente, Anir enfrentaría la primera de tres pruebas.

Con los ojos vendados y con un palo de madera en la mano (simulando un arma), la tarea de Anir consistía en repeler 19 ataques continuos con piedras sin salir de un círculo de tierra que le fue dibujado en el piso. Lo que Pragul buscaba con esta prueba era evaluar el desarrollo de los sentidos. Los ataques serían continuos, y en caso de que esquivara alguno, se saliera del círculo o la golpeara una piedra, la cuenta regresaría a cero. La prueba era sumamente difícil por la velocidad con la que las piedras eran arrojadas.

La prueba empezó y rápidamente más de 30 piedras golpearon a Anir en diferentes partes del cuerpo. El cuerpo de Anir jamás había experimentado este castigo, los resultados de la prueba quedaban expuestos por sangre y hematomas en el cuerpo de la pequeña. Pasaron cinco días, no logró esquivar nada, sólo recibía golpes. La desesperación comenzaba a llegar a su mente, una impotencia al no poder hacer frente a la prueba.

Las pruebas eran durante el día, una y otra vez; luego tomaba un descanso y ella misma pedía continuar. Cuando llegaba la noche, Anir estaba agotada y herida por los golpes de las piedras. Los días anteriores, Pragul se había ido al anochecer, pero esa ocasión fue distinta. De pronto se acercó a Anir y le dijo:

—Anir, no estás cumpliendo con la prueba. A este paso sólo acabarás lastimándote. Esto se está volviendo un castigo más que una enseñanza —Pragul le dijo esto con un tono de voz suave y amigable.

—No importa, tengo que seguir como tú lo dijiste. Es la única manera de llegar a Perennes —respondió Anir con tono de fatiga.

—Te voy a dar un consejo, tienes que defenderte de las piedras, no tratar de golpearlas como si fuera un ataque. Esto es como si estuvieras en una batalla. Necesitas repeler el ataque del enemigo con la madera, defensa en lugar de ataque. —dijo Pragul mientras tomaba el madero que Anir usaba—. Lo tienes que hacer de esta manera, anda, arrójame una piedra —Pragul dijo esta mientras se ponía en pie enfrente de ella y cerraba los ojos.

Anir tomó del suelo dos piedras, una con cada mano. Lanzó una con una mano y siguió el movimiento con la otra. Ambas piedras salieron una después de la otra con dirección al ángel. Pragul realizó un movimiento con el madero de modo que logró repelerlas sin ninguna dificultad, sólo sosteniendo el madero con una mano. Anir quedó asombrada de la velocidad con que Pragul había rechazado los ataques.

—¿Lo has visto?, esta es la manera de hacerlo. Ahora descansa, mañana será un nuevo día —dijo Pragul mientras soltaba el madero frente a él, seguido de este movimiento extendía sus alas y emprendía el vuelo perdiéndose en la noche.

A la mañana siguiente, Anir se levantó más temprano de lo acostumbrado, se puso la venda en los ojos y comenzó a hacer movimientos de calentamiento con el madero. A dos manos hizo un abaniqueo, mostrando las puntas de un lado a otro. Pragul que se encontraba sobrevolando la zona vio los movimientos de Anir a lo lejos, no perdió más tiempo y embistió volando hacia abajo.

Se detuvo a unos pasos de ella, tomó una piedra y se la lanzó directo al rostro. Anir abanicó el madero en forma de protección y repelió el ataque. Pragul continuó arrojando piedras, aunque esta vez no sólo arrojó 19 sino 60. Los movimientos de Anir eran distintos a los de días pasados, algo cambió que le dio la habilidad de poder rechazar los ataques. La primera prueba había terminado.

—¡Muy bien, has hecho un buen trabajo! —dijo Pragul, aunque no sabía cómo aquella pequeña niña había logrado un avance tan grande en tan poco tiempo.

En realidad, lo que Pragul no sabía era que Anir había estado practicando durante las noches anteriores con el madero, hasta que al fin había logrado que sus movimientos fueran tan precisos que este parecía una extensión de su propio cuerpo.

—Vamos a comenzar con la segunda prueba. Tendrás que sobrevivir sin tomar agua de la laguna, buscando otra fuente, pero esta no podrá estar más allá de donde nos encontramos. Tienes que encontrarla antes de que se ponga el sol. Esta no es una prueba física; tendrás que valerte de tu propia inteligencia para poder superarla. La prueba comienza en este momento —mientras explicaba la prueba, Pragul tenía fe en que Anir lo lograría.

Después del enorme esfuerzo físico que le había exigido la prueba del madero, Anir se encontraba exhausta y sedienta. Descansó un momento para recuperar la energía y trató de analizar cómo las plantas obtienen el preciado líquido: sabía que podría encontrarlo haciendo un pozo junto a la laguna, pero no contaba con el tiempo suficiente. Otra opción era seguir a uno de los animales que habitaban la zona, pero también sería una pérdida de tiempo dado que la mayoría la obtenía de la laguna; una opción más era alejarse del perímetro de la prueba.

Recordó las enseñanzas de las lecturas. Sabía que donde se encontraba mayor vegetación era más probable que hubiera agua. Volteó la mirada y encontró una serie de plantas entre unos árboles. Fue directo a las plantas y permaneció junto a ellas un largo rato analizando qué hacer para obtener el líquido.

Recordó que hay tipos de plantas que almacenan agua en el centro de su estructura porque la absorben del suelo constantemente. Pero si cortaba la planta quedaría sin vida y el esfuerzo sería inútil, dado que dejaría de absorber el líquido. Tendría que mantener la planta con vida para poder sacar el líquido.

Pasaba el tiempo y el sol seguía su camino dando paso al atarde- cer. Anir se encontraba más sedienta y la desesperación la hizo pensar en declinar la prueba o intentarla otro día, pero no sabía si Pragul (¡tan estric- to!) se lo permitiría. Tomó una pequeña rama de un árbol y con los dedos le empezó a dar forma de una punta como si fuera una pequeña lanza, diminuta y frágil. Le llegó a la mente una idea algo arriesgada: tendría que clavar la frágil rama en la planta hasta llegar a su centro sin causarle daño alguno y sin que se rompiera la rama. Se sentó junto a la planta seleccionada y concentró su fuerza y energía en la punta de la rama.

El golpe tendría que ser veloz, tan rápido al entrar como al salir. Cerró los ojos y dibujó en la mente la punta de la pequeña lanza y la planta. El sol seguía su camino; ahora sólo se veían algunos rayos pequeños. Justo antes de que se ocultaran, Anir realizó un movimiento muy veloz con el que logró crear un pequeño orificio desde la superficie de la planta hasta el centro. Nada ocurrió de momento. Pragul se acercó a ella y le dio una bolsa con agua.

—Ten esta bolsa y toma un poco de agua, no lo has logrado —le dijo Pragul con tono de decepción.

—Espera un momento más, por favor —contestó Anir.

De pronto, por el pequeño orificio comenzó a salir agua como formando un pequeño chorro.

—Has logrado superar la segunda prueba. Puedes ir a la laguna   y secarla si deseas —contestó Pragul con algo de sarcasmo, mostrando una sonrisa en el rostro.

No tenía ni idea cómo lo había logrado. Anir sabía que un pequeño orificio en una planta, justo en el centro donde almacena agua, quitaría la presión que la planta ejercía sobre esa zona de resguardo y el líquido encontraría una salida a través del orificio. Anir sabía esto gracias a su preparación previa. Después de la prueba, Pragul dejó que Anir descansara toda esa noche y un día más, para reunir fuerzas para su última prueba.

Al fin llegó el día de la tercera y última prueba. El sol había aparecido en el cielo hacía tan sólo un momento y Anir apenas despertaba. No sabía dónde estaba Pragul, hasta que escuchó lo siguiente:

—Anir, tu última prueba será atacarme hasta que logres enfrentarte a mí. Tendrás que eliminar mi defensa y sacarme de este círculo. Tienes que venir a donde me encuentro. ¡Vamos!, nada hacia esta roca. —La voz de Pragul con un fuerte grito dijo esas instrucciones. Pragul se encontraba sobre una roca en el centro de la laguna. Anir se lanzó a la laguna, nadó hasta la roca y subió a ella.

C. R.V Cerdán

—He dibujado en esta roca un pequeño círculo que marca mi zona de defensa. Tendrás que obligarme a salir de él. No te atacaré, sólo repeleré tus ataques. Lo tienes que hacer con este madero, por ende, yo tendré uno igual.

Pragul le entregó a Anir el mismo madero que con que había realizado la primera prueba, Anir asintió al recibirlo y sonrió.

"Es momento de atacarlo, tengo que crear una distracción y me iré por sus piernas; entonces perderá el equilibrio y tendrá que salir del círculo", Anir confiada en su destreza con el madero pensó, mientras analizaba y veía la postura de Pragul.

Anir miró fijamente hacia el lado derecho, lanzó un grito de desesperación y en el momento en que Pragul se movió por su lado izquierdo, lo atacó en la pierna por el lado contrario.

Sin saber cómo, Pragul paró el golpe con el madero y contraatacó justo en las piernas de Anir, en el lado derecho, y remató con un golpe en el pecho que la hizo perder el equilibrio y caer al agua.

—¡Creíste que distrayéndome me engañarías, pero necesitas mucho más que eso, niña! —gritó Pragul mientras Anir volvía a subir a la roca.

En un nuevo intento, Anir lanzó ataques frontales, laterales, por abajo y por arriba, como se lo dictaban sus instintos, pero no lograba más que caer y volver a caer al agua. Pasó el tiempo y ella insistía más y más, y no hacía más que cansarse y caer. Cayó la noche y Pragul dio por suspendida la prueba:

—Continuaremos mañana — Pragul extendió las alas y emprendió vuelo.

Anir fue a descansar debajo del mismo árbol que le había dado cobijo. Una vez que Pragul se retiraba y Anir se encontraba sola, tomaba el madero y se iba a las orillas de la laguna a realizar movimientos de dominio de este, golpeando en el agua una y otra vez.

38

Pasaron 6 días más y siempre sucedía lo mismo, pero poco a poco los ataques de Anir se volvieron más veloces y ella dejó de caerse muy seguido. Pragul sospechó que tenía que prestar mayor atención.

Pragul dio por comenzada la prueba. Empezaron los primeros ataques de Anir. Realizó golpes sucesivos y apareció una lluvia que dificultaba aún más la prueba. Los intentos de Anir se volvieron más letales y fuertes. En todo ese día no había caído una sola vez. Sus intentos no variaban ni en trayectoria ni en fuerza. La intensidad de la lluvia aumentó, golpeando sobre la laguna, acompañada de un viento agresivo, lo cual no eran impedimento para que se escuchara el golpe constante de los maderos al chocar una y otra vez.

—¿Qué pasa?, está repitiendo el mismo movimiento. ¿Acaso ha perdido todas las fuerzas? No comprendo por qué hace esto —se preguntó Pragul.

Justo momentos después, Anir cambió la sincronía de su ataque y lo volvió inverso. Como Pragul estaba desprevenido, logró golpearlo en cuatro puntos; rompió su defensa e hizo que tropezara y estuviera a punto de caer.

—¡Has logrado que caiga en tu juego y por confiarme en la repetición de tus movimientos, lograste que perdiera la guardia! —rió Pragul e hizo un movimiento rápido con el madero que aprovecho el descuido de Anir y la tiró a la laguna.

En ese momento, paró la lluvia y Pragul llevó a Anir a la orilla. Se puso frente a ella, hizo una reverencia y le dijo:

—Las pruebas tuvieron un buen resultado. En la primera, aprendiste a desarrollar tus sentidos y a no depender más que de ti misma. En la segunda, dejaste ver tu destreza mental y si eras capaz de resolver las adversidades que se te presentan.

La tercera, fue una prueba de fuerza, para saber si eras capaz de enfrentarte a superiores en batalla, dado que lo tendrás que hacer en algún momento para entrar al Ejército de los Cielos. — De ese modo, Pragul dio por concluidas las pruebas. Anir se sintió satisfecha con el trabajo realizado y más confiada en sus habilidades.

— Es momento de que partas. Espero que este haya sido un entrenamiento previo a lo que te vas a enfrentar. Cuando seas parte del Ejército de los Cielos y necesites apoyo, no dudes en buscarme —dijo Pragul en un tono amable y protector.

—Gracias por tus enseñanzas y consejos, me han servido mucho —respondió Anir y se lanzó sobre Pragul a extenderle un fuerte abrazo que lo tomó desprevenido y le respondió de la misma manera. Después de este emotivo momento, se separaron y Pragul dio un par de pasos adelante. Pragul mostrándole un gesto de amistad le otorgó el madero que había estado utilizando, con una reverencia le dio entender que era de ella, que se lo llevara.

—¡Ah, se me olvidaba!, salúdame mucho a Lucius y dile que, como siempre, no equivocó sus juicios —contestó por último Pragul, y volvió a extender las alas y a emprender el vuelo.

C. R.V Cerdán

Anir se preguntó qué habría querido decir Pragul; ¿habrá sido esto una prueba de Lucius?, ¿fue algo planeado?; como sea, debía continuar su camino. Se sentía diferente, aunque no sabía por qué; tenía la sensación de que hubiera transcurrido mucho tiempo. Y eso era lo que enrealidad había pasado, aunque ella aún no lo sabía.

Anir continuó entonces su camino hacia el Risco Perennes en búsqueda de los grandes dragones grises.

Aena & Eneol

Eneol, siendo sargento en una de las brigadas más importantes del Ejército del Norte, se encontraba con sus soldados en el sur, más allá de las minas, cerca de la frontera con el Reino de los Muertos. La brigada de Eneol era conocida como letal y poderosa.

Se sabía que en cada ocasión Eneol exponía su vida en el campo de batalla para defender a sus hombres.

La popularidad de su brigada creció y muchos deseaban unírsele, pero sólo tenía autorizado comandar a treinta hombres. Los generales y coroneles del ejército no querían darle más poder del que ya tenía. Sabían que había la posibilidad de que un hombre con tanto poder se convirtiera en una amenaza. Era aún muy joven y tenía que probar que sería fiel al gobierno en turno y nunca buscar derrocarlo.

Una noche, la brigada de Eneol tomaba un descanso en la tarde, un par de horas antes de que cayera la noche, alrededor de una gran fogata. Eneol se encontraba lejos de sus hombres, descansando en las raíces de un árbol. De pronto, a lo lejos se escucharon gritos solicitando auxilio, acompañados de mucha desesperación. Eneol se alertó como pocas veces lo hacía, su reacción fue levantarse y correr hacia su corcel.

—¡A sus caballos!, ¡alguien se encuentra en peligro! — ordenó Eneol a sus soldados.

A unos pasos de este, de un solo salto tomó montura sobre Ziolan, nombre de su caballo. Los soldados de Eneol se sorprendieron. Sabían que su sargento era impulsivo, pero su reacción los había tomado por sorpresa y trataron de apresurarse para seguirlo. En lo que montaban para poder seguirle el paso, Eneol ya se había perdido en el camino.

Eneol cabalgó rápidamente siguiendo el rastro de aquella voz que pedía auxilio. A lo lejos logró divisar que un grupo de mercenarios monta- dos en enormes bestias, se veía que estaban formando un círculo y alguien estaba adentro. Al ver aquello, Eneol espoleó su caballo, castigándolo para que apresurara el paso. Los soldados de Eneol apenas habían dejado el campamento para seguirlo.

—¡Déjenme, malditas bestias!, ¿qué quieren de mí? —se oyó la voz suplicante de una mujer que, desesperada, gritaba conteniendo el llanto.

Uno de los mercenarios se acercó más a la mujer y le dijo:
—¡Vamos a comerte viva!, ¡eso es lo que vamos a hacer! —y al mismo tiempo otro se dispuso a agarrar a la mujer por la cabeza.

Se oía que el galope de Ziolan se acercaba, fuerte y seguro. Los mercenarios no le dieron importancia al galope que se acercaba a ellos.
—¡No se atrevan a tocarla! —gritó Eneol y se detuvo a unos metros del cerco—. ¡Déjenla en paz!, y si lo que quieren es diversión, traten conmigo!
—Ja, ja, ja, ¡Pero si sólo eres uno, nosotros somos diez! Además, no puedes tocarnos, somos parte del mismo ejército y en la jerarquía tú

eres inferior, eres un hombre. Desaparece de nuestra vista y nos ahorraras la molestia de tener que matarte —dijo el líder de los mercenarios con tono de burla y todos los demás mercenarios rieron al unísono.

43

En ese preciso momento, uno de los mercenarios se adelantó y estiró un brazo para tomar a la mujer con la mano. Entonces una sombracortó el aire justo frente a los ojos de la mujer, y atravesó por completo la mano del mercenario.

—¡Ah!, ¡qué dolor! ¡Maldito, has cavado tu propia tumba con esta traición, mátenlo! —gritó el mercenario y luego cayó de la bestia, agitado por el dolor que le producía la flecha en la mano.

Eneol permaneció con el arco tenso en una mano y en la otra una flecha, dispuesto a terminar con sus adversarios. Las bestias y los mercenarios se fueron sobre él. De inmediato disparó otra flecha sobre el mercenario herido; la flecha dio justo en el centro del pecho y le arrancó la vida. Los demás enemigos se abalanzaron sobre él. Logró derribar dos bestias con un par de flechas.

Después avanzó velozmente hacia ellos, al mismo tiempo que desenfundaba la espada del cinturón. Derribó a tres mercenarios más con un par de movimientos ágiles. Sólo quedaban cuatro oponentes en posibilidad de pelear. La mujer aprovechó la confusión para huir, pero Ziolan se abrió camino entre los ataques enemigos y le cerró el paso:

—Sube. ¡Anda, sube rápido! —dijo Eneol mientras le estiraba un brazo a la mujer para que se fuera con él.

La mujer tardó en subir, confundida aún por el temor. Un zumbido rompió el sonido del viento: era una flecha proveniente de un arco mercenario que logró incrustarse en la espalda de Eneol, del lado derecho. El rostro y el cuerpo de Eneol se contrajeron en un gesto de dolor profundo a causa del impacto recibido. Sus músculos perdieron fuerza y casi ya no lograban sostenerlo sobre el caballo.

44

—¿Qué te paso?, ¿te encuentras bien? —preguntó la mujer, quien intentaba sostenerlo y acomodarlo lo mejor posible.

—Sube y dirige el caballo hacia el norte, camino al bosque. Conozco un lugar donde podemos escondernos. —La fuerza de Eneol alcanzó tan sólo para que este señalara el camino. Luego se desvaneció sobre la espalda de la mujer. Entonces se oyó el sonido de un cuerno de ataque que la mujer creyó era del enemigo, así que apresuró el paso. Antes de que pudieran empren- der el contraataque hacia Eneol y la mujer, los mercenarios mal agrupados recibieron a los soldados y compañeros de Eneol que llegaban velozmente; estos los rodearon de inmediato para evi- tar que escaparan. Se podía ver que hubo un enfrentamiento, ya que había cuerpos de mercenarios y bestias caídos alrededor.

—¿Qué es lo que ha pasado aquí? ¿Saben dónde se encuentra el sargento Eneol? —preguntó Onruc (que era el segundo al mando en la brigada de Eneol) a uno de los mercenarios, mientras se acercaba en su montura a hostigar al mercenario.

—Ese maldito traidor ha muerto por mis propias manos. Lo he atravesado por la espalda con una de mis flechas —respondió el líder de los mercenarios y en su boca apareció una sonrisa irónica.

—¡Eso es una mentira! —gritó Onruc, quien desenfundó su espada y la clavó en el pecho del mercenario, sin darle oportunidad a que se defendiera.

C. R.V Cerdán

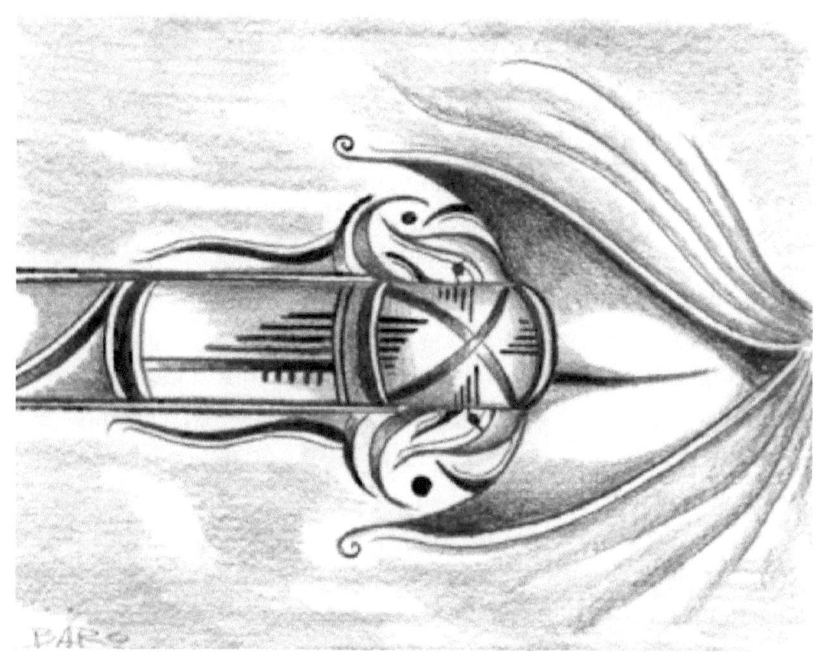

C. R.V Cerdán

—¡Maten al resto! Si se llega a saber que Eneol combatió contra ellos, será juzgado por traición —ordenó Onruc a los nueve integran- tes del batallón que lo acompañaba. También les ordenó que buscaran a Eneol. Los mercenarios sobrevivientes no tuvieron forma de escapar y recibieron muerte con las espadas de los soldados.

Aquel enemigo al que Onruc le atravesó el pecho con la espada,estaba herido de muerte en el piso. Aun respiraba y gritaba:

—El traidor morirá lentamente, nadie lo podrá salvar. —Con este esfuerzo, exhaló su último aliento y murió.

Onruc, con la conexión que tenía con su líder, pudo sentir que Eneol no estaba muerto, pero sí en peligro. Organizó a sus hombres en dos grupos para emprender la búsqueda. Un grupo se iría hacia el norte, para buscarlo en las minas, mientras que el otro, liderado por él mismo, se iría rumbo al bosque, hacia el noreste. Buscaba encontrarlo en los caminos cercanos antes de que lo pudiera encontrar algún grupo de mercenarios. De encontrar que había sido herido por un integrante de su ejército, le darían muerte sin preguntarle.

Los soldados quemaron por completo los cuerpos de los mercenarios y de las bestias para no dejar rastro de la batalla y partieron.

La mujer misteriosa y Eneol se adentraron más en el bosque, Ziolan los llevó a un arroyo. A un costado de este se escondían unas cuevas, se podían ver varios accesos a una pared rocosa. Eneol estaba malherido y durante todo el trayecto había estado desangrándose. El movimiento del trote del caballo ocasionaba que la flecha se moviera haciendo más grande y profunda la herida.

—¡Aquí es!, ¡para, Ziolan, nos quedaremos! —dijo Eneol con la voz entrecortada por el dolor.

C. R. V Cerdán

Eneol bajó del caballo y caminó al interior de una cueva, escogió de las entradas la de más difícil acceso, con una enredadera en la puerta. La sangre le recorría toda la pierna. La mujer entró a la cueva detrás de Eneol y Ziolan permaneció afuera, vigilando la entrada. Ya dentro de la cueva, Eneol arrancó de un solo jalón la flecha de su espalda; un grito retumbó en la bóveda de piedra y Eneol cayó desmayado al suelo, vencido por el dolor. La mujer se acurrucó a su lado, asustada y sin saber qué hacer o cómo salir del bosque con vida. Lo único que le vino a la mente fue tratar de detener la hemorragia por lo que trozó parte de su ropaje y lo presionó sobre la espalda herida de Eneol. Transcurrieron dos largas horas hasta que, al fin, Eneol despertó. Sentía alivio al sentir la mano de la mujer sobre su espalda.

—Trae leños secos, por favor, y prepara un fuego —Eneol le dijo estas palabras y volvió a cerrar los ojos para descansar.

Ella salió y recogió los leños. Cuando estaba haciendo esto, se dio cuenta que el caballo ya no estaba. Aceleró el paso y entró a la cuevanuevamente.

—¡No es posible, el caballo no está!, ¿cómo saldremos de aquí?, ¡contéstame! —le gritó desesperada a Eneol que despertó con los gritos de la mujer.

—Ziolan sabe que tiene que irse. Si se quedara, sería una carnada para bestias y enemigos. Lo hizo para salvarnos, y no grites, que nos van a escuchar —respondió Eneol mientras trataba de levantarse, pero volvió a caer desmayado.

C. R. V Cerdán

La mujer preparó el fuego y encontró frutas y agua para ambos. Eneol despertó. Tomó el cuchillo que tenía sujeto en la pierna, lo colocó al fuego para calentarlo. Tomo un poco de agua, presionó la herida con el pedazo de tela que le puso la mujer y volvió a recostarse durmiendo nuevamente. La mujer observó cada uno de los movimientos y no dijo nada, sólo no perdía de vista a Eneol.

Al ver que cayó en sueño, tomó el cuchillo del fuego y lo guardó como protección. Con la mirada perdida en el fuego, la mujer escuchó un ruido: era Eneol que despertaba poco a poco.

—¿Cuál es tu nombre? —preguntó Eneol en voz baja, pero la mujer no respondió.

—¡Vamos!, ¿Acaso no merezco conocer tu nombre a cambio de haberte salvado la vida? —insistió mientras se sentaba a un costado de ella. —Me llamo Aena, es todo lo que necesitas saber de mí, asesino —dijo la mujer y volteó la cara para no ver la de Eneol—. Eres parte del Ejército del Norte, un asesino más que vendió su alma al reino del mal.

—La mujer le dijo estas palabras denotando un tono de hostilidad al hacerlo. Eneol no prestó atención a sus palabras, avivó la fogata y buscó su cuchillo.

—¿Me puedes devolver el cuchillo que tomaste? —dijo mientras estiraba la mano.

Pero ella no le dio nada, así que Eneol sacó otro cuchillo, esta vez uno más grande. Lo dejó calentándose en el fuego hasta que el metal se puso al rojo vivo. Con mucha dificultad, Eneol abrió con él un orificio mayor en su espalda y extrajo los restos de la flecha; después se pegó el cuchillo a la piel para cauterizar la herida. Al hacer ese movimiento, cayó desmayado en el suelo.

C. R. V Cerdán

Cuando despertó, horas después, lo primero que sintió fue un notable alivio en la herida. Abrió un poco los ojos y se encontró con la cara de Aena, quien le colocaba plantas medicinales para calmar el dolor.

—Gracias —le dijo Eneol antes de que el sueño lo cobijara.

Aena no sabía qué era lo que le ocurría. Comenzó a dudar de lo que conocía sobre los soldados. No podía odiar a aquel hombre que le había salvado la vida arriesgando la propia. Tenía un sentimiento de agrado hacia él, pero su mente lo combatía con ideas de justicia.

Había pasado ya un día completo desde el enfrentamiento. Eneol despertó y encontró a Aena dormida. La herida necesitaría sólo un día más para sanar por completo. Sabía que no podía confiarse: tenía que estar en mejores condiciones para cuando fuera necesario salir de la cueva. Al poco tiempo, la mujer despertó.

—Aena es tu nombre. Gracias por cuidarme, aunque en realidad no sé por qué lo hiciste si soy un asesino; debiste correr y esconderte. —Eneol dijo esto sin voltear a ver a la mujer, sólo viendo el fuego.

—No lo hice, porque no soy igual a ti —dijo Aena sin mirarlo a los ojos.

—¿Sabes?, te arriesgaste al quedarte aquí cuidándome, pero no te importó arriesgar la vida con tal de salvar la mía. Sabías que podía recuperarme y matarte o que muchos peligros te asechan en estas tierras. No sabes lo que pudo haber salido del interior de la cueva, no te quiero asustar, pero... —dijo Eneol con un tono determinante.

Ella sintió un nerviosismo inexplicable que hizo que no lo pudiera ver a los ojos.

—Pues piensa lo que quieras, lo hice porque la única manera de salir de estas tierras es contigo vivo —y fue la primera vez que Aena le habló mirándolo fijamente a los ojos. Eneol reaccionó con una sonrisa, perdiendo su mirada en el rostro de la mujer.

—¡Qué hermosos ojos tienes, mujer!, ¡lástima de carácter! Cualquiera al verte podría enamorarse. —dijo Eneol sonriendo y echando para atrás la cabeza recargándose sobre una de las pare- des de la cueva.

Muchos hombres le habían dicho lo mismo a Aena, pero a ella eso nunca le había importado. Sin embargo, esta vez sintió algo distinto. Si bien no había sido del todo un halago, lo sintió como tal. Nerviosismo y cosquilleo en el cuerpo de Aena se presentaron, pero trato de fingir quenada de esto ocurría.

—Mis ojos no son para que tú los admires —respondió Aena con un tono firme y a la vez sarcástico, viéndole directo a Eneol a los ojos para que los pudiera admirar una vez más.

De pronto, escucharon las pisadas de unos caballos acercarse, ambos dejaron de hablar. Aena sacó el cuchillo que le había arrebatado a Eneol. Este aparentaba estar despreocupado y sonrió, burlándose del temor de ella. Eneol parecía más seguro conforme las pisadas de los jinetes se acercaban.

—Tranquila mujer, han venido por nosotros, son mis soldados que me han encontrado —Eneol hablaba mientras se levantaba estirando el cuerpo. La herida ya había cerrado por completo y con la ayuda de las plantas medicinales, no había malestar para Eneol.

C. R. V Cerdán

—Entonces, no puedo confiar en ellos si son iguales a ti; no sé si sentirme segura —le respondió Aena en un tono sarcástico, pero con seguridad, mientras hacía esto se guardó el arma en su ropa. Salieron de la cueva, encontraron a varios soldados del grupo de 9 jinetes que regularmente viajaban con Eneol.

—Eneol, ¿te encuentras bien? —dijo Onruc, tranquilo por ver nuevamente a su líder.

—Sólo un poco aturdido por esta herida. Tenemos que regresar a casa de inmediato, seguro vendrán represalias por lo ocurrido. Por favor, envía cuatro soldados a escoltar a esta mujer hasta su poblado —dijo Eneol y llamó a su caballo Ziolan con un silbido.

—No hay problema, de inmediato —asintió Onruc e indicó a cua- tro de sus hombres que llevaran a Aena hasta su casa.

Justo antes de partir, cuando Eneol se encontraba montado en Ziolan, Aena se acercó a él y volteó a verle a la cara. —Gracias, espero nunca volver a verte —se dio media vuelta y caminó hacia el jinete que la llevaría.

—No te preocupes, por eso mando a mis hombres a dejarte. No quiero pasar más tiempo contigo —Eneol dijo esto sonriendo y buscándole la mirada.

—Oye, ¿pero no quieres recuperar tu arma? —dijo Aena con una sonrisa, dando media vuelta para que la escuchara Eneol.

—Para eso mando a mis hombres, para que después yo pueda encontrarte —le respondió Eneol con una sonrisa en los labios que ya se volvía carcajada.

Aena montó uno de los caballos y cabalgó hacia la región de donde provenía.

—Onruc, es momento de regresar a Indosta, tenemos una nue- va batalla en puerta —ordenó Eneol montado en Ziolan. Luego dio velocidad a su paso camino a Indosta, la capital del Reino Industrial.

El poblado donde habitaba Aena era Iles, una pequeña provincia del Reino Industrial que se encontraba entre el territorio de las minas y laLaguna Gris, un lugar hermoso y muy pequeño que casi no había sufridocambios por la alianza.

Eneol sabía que recibiría un castigo del consejo de guerra por haber atacado a integrantes de la alianza, pero eso no le quitaba el sueño; sabía que había hecho lo correcto y Aena bien valía el precio del castigo.

Ejército Aquarius

l Reino Aqua, al noroeste del Mundo Azul, hace frontera con los mares. Los habitantes de este reino mantenían contacto frecuente con el agua. Eran llamados anfibius y tenían la capacidad de respirar bajo el agua.

Habían logrado crear un vínculo muy especial con los dragones azules, cuyo territorio natural es el agua. Trataban de vivir en paz y armonía. Como eran vecinos naturales de los Reinos Aire y Sabiduría, tenían con ellos una comunicación estrecha.

La alianza había tratado de unirlos a su causa, pero sus sólidos ideales se mantuvieron incólumes. El Ejército Aquarius era muy poderoso en la región de los mares. Sus enemigos ancestrales eran el Reino de los Muertos y el Reino Industrial, con quienes a pesar de las disputas constantes tenían relaciones comerciales.

Nos centramos al norte del Reino Aqua, en una de las orillas de la forma de la mantarraya (figura geográfica del reino), donde ondulan las aguas cercanas de Beugo (región de los dragones azules), emerge una voz:

—¡Vamos!, ¡no podemos rendirnos!, tenemos que llegar a Zouro, la principal de todas las ciudades de nuestro querido Reino — gritó Jabee, uno de los tres jinetes de dragones azules que eran perseguidos a gran velocidad por seis barcos piratas.

—Están buscando a Eguia, nuestra poderosa espada aqua, símbo lo del Ejército Anfibius; no podemos dejar que llegue a sus manos—dijo desesperado Yuntar, otro de los jinetes en misión, mientras los barcos se acercaban más y más.

Los jinetes venían de Beugo y cuando iban a tomar camino a Zouro se encontraron rodeados por barcos de piratas y corsarios. Para tratar de esquivarlos, tuvieron que alejarse de sus tierras y dirigirse a otros mares. Al quedar rodeados, los barcos enemigos no dudaron en comenzar un ataque sobre ellos.

—¡Vamos!, ¡síganme!, sólo así podremos perderlos — indicó Jabee, y saltó con su dragón para sumergirse por completo. Los otros dos jinetes hicieron lo mismo; muy pronto dejaron atrás los barcos, pero la estrategia sólo funcionaría por unos instantes.

Emergieron a la superficie mucho más adelantados que el enemigo.

—Es momento de actuar: Alol, tienes que llevar a Eguia a Zouro, nosotros crearemos una distracción. Yuntar, tenemos que atacar al enemigo y ganar más tiempo para Alol —ordenó Jabee a sus compañeros jinetes.
—Pero es muy arriesgado, me quedaré con ustedes a pelear — respondió Alol, la tercer jinete de la misión.

—No es posible, la esperanza de todo el reino recae en nuestras manos. ¡Vamos!, ¡date prisa!, sumérgete cuando empecemos el ataque y pasa por debajo de ellos. ¡Anda! ¡Es una orden! —dijo Yuntar y alcanzó a ver que más barcos venían de frente.

C. R. V Cerdán

—¡Rápido, Alol, que se agota el tiempo! —gritó Jabee mientras daba a Yuntar la señal de realizar la embestida contra uno de los barcos.

Los dragones salieron del agua con gran fuerza, cruzándose de lado a lado por encima del barco y atacando al enemigo que se encontraba en cubierta. Cuando Alol vio que sus compañeros iniciaban el ataque, se sumergió en dirección al barco y lo pasó por abajo. Mientras tanto, los demás compañeros continuaban luchando para ganar tiempo. Lanzas y flechas eran arrojadas para evitar que Alol avanzara. Ferozmente, Minda la dragona compañera de Alol, evitaba los ataques del enemigo.

Continuando con su camino, Alol vio a lo lejos las montañas Cidturen, que marcaban la entrada de Zouro. Se sintió segura, pero apare- cieron frente a ella dos navíos enemigos y uno más por atrás cerrándole el paso.

"No puedo continuar huyendo, tengo que atacarlos y tratar de salir de esto. Jabee y Yuntar cuentan con que lleve la espada a Zouro", llego esto a la mente de Alol, mientras sujetaba firmemente las riendas.

Pero el enemigo se acercaba cada vez más, uno de los piratas que estaba al frente del navío gritó:

—¡Vamos! ¡Estás atrapada! Entréganos a Eguia y te dejaremos ir —Alol sabía que jamás la dejarían vivir una vez que tuvieran a Eguia.
—Vamos, amiga, es momento de salir de aquí, sumérgete y huyamos al fondo de los mares —susurró Alol al oído de Minda, su dragona.

Entonces, Minda dio un salto sorprendente y ambas se sumergieron en las aguas. Los piratas dieron la señal de ataque y flechas y lanzas fueron arrojadas a las profundidades del mar. Minda esquivaba cuantas flechas podía, pero parecían multiplicarse y su movilidad se veía afectada por los ataques, dado que algunas flechas impactaron en su cuerpo.

56

Minda realizó un movimiento de media vuelta con la misma fuerza con la que había bajado y comenzó a subir hacia el lugar donde se encontraba una de las naves enemigas. Saltó con una fuerza grandiosa y pasó por encima del barco, por el frente; era tal el impulso que llevaba el salto que logró cruzarlo por completo, pero no antes de que con un movimiento de cola derribara el mástil principal.

—¡Bien hecho, Minda!, faltan dos —la animó Alol.
—¡A sus puestos de combate! Cuando salga el jinete quiero que llueva un ataque —gritó enfurecido el capitán de uno de los barcos.

Alol salió del agua, pero esta vez brincó al lado de otro barco de tal manera que los tripulantes de este pudieron ver toda la majestuosidad del cuerpo de Minda. Los piratas no supieron qué ocurría y quedaron paralizados.

—¡Ataquen! —se escuchó una voz dando la señal.

Lanzas y flechas se dirigieron a Minda, una lanza se impactó en su cuerpo logrando herirla. Mientras tanto, Alol saltó hacia la cubierta del navío.

—Si lo que quieren es a Eguia, ¡vengan por ella! —gritó a la tripulación.

Todos se le fueron encima. De su espalda sacó una espada con un brillo azul deslumbrante:

C. R. V Cerdán

—Esta es Eguia, la espada del Reino Aqua —Alol grita estas palabras a sus oponentes, embistió a los piratas y corsarios. Hirió a muchos y dio muerte a los que se cruzaban en su camino.

Corrió hacia el otro lado del barco y cuando llegaba al extremo volvió a colocar la espada en su espalda y brincó al mar. Antes de que su cuerpo tocara la superficie del agua, Minda salió del fondo y fracturó la parte central del barco.

—Vamos, sigamos nuestro camino a Cidturen —le dijo Alol a Minda después de caer en su lomo.

De esta manera, Alol logró frenar a sus oponentes. Sólo el barco que estaba detrás ella tenía aún posibilidades de perseguirla, pero las maniobras que requeriría para ponerse en su dirección sin duda retrasarían la persecución. El camino de Alol se había vuelto menos riesgoso, al menos por el momento.

Minda y Alol continuaron el camino a Cidturen, pero el avance era más lento a causa de las heridas que había sufrido en batalla. Justo cuando cruzaron el paso de Cidturen, el tercer barco las alcanzó.

—¡No escaparán! ¡Rápido, comiencen a atacar! —se escuchó un gritó proveniente del navío.

—Vamos, es nuestro último esfuerzo —dijo Alol a la dragona.

Se sumergieron nuevamente para tomar el canal secreto que las llevaría a aguas seguras, el paso a Zouro. Recorrieron el canal y llegaron a la entrada de Zouro, en la que se encontraban unos guardias. Al verlas, se dirigieron a ellas:

—Alol, ¿se encuentran bien? —preguntó uno de los guardias mientras se acercaba.

—Yo sí, pero necesito que atiendan a Minda; sin ella no estaría aquí

—respondió Alol.

58

C. R. V Cerdán

C. R. V Cerdán

—¡De inmediato! —contestó el guardia y dio la orden movilizándose para que atendieran a la dragona.

—Te pondrás bien, querida amiga, gracias —Alol le dijo estas palabras a Minda y le dio un abrazo a su lomo.

—Alol, somos fieles compañeras, cuida a Eguia —Minda le contestó a Alol regalándole una sonrisa a pesar del malestar que sentía por las heridas recibidas.

La misión había terminado. Eguia ya estaba en Zouro. Alol fue directamente al Palacio Mantarraya, la central del gobierno del Reino Aqua. Le dieron una habitación para que descansara y después de informarle que al día siguiente sería la entrega de Eguia y la presentación con el Ejército Aquarius, la dejaron descansar. En la habitación tenía una cama para descansar, un lugar para asearse, acompañada de una mesa con comida fresca. Alol estaba muy cansada, sólo pudo quitarse las armas para dejarlas a un lado de la mesa y comer algo e irse de inmediato a la cama.

A la mañana siguiente, tocaron a su puerta varias veces. Alol despertó con el ruido de los golpes, que aumentaban con impaciencia.

—Vamos, abre, es urgente. Hemos venido por Eguia — dijo una voz que Alol no reconoció. Alol no respondió y mientras decían esto, golpeaban una y otra vez la puerta de acceso al cuarto.

"¿Quién podrá ser?, ¿acaso tomaron el Palacio Mantarraya? No importa contra qué me enfrente, no dejaré que se queden con Eguia", pensaba Alol mientras se vestía rápidamente.

—Dije que abrieras —y entonces la puerta se abrió con un golpe fuerte.

Alol desenfundó Eguia y estaba lista para atacar, pero para su sorpresa eran Yuntar y Jabee. La alegría le cambió por completo el rostro, dejó el arma a un lado y se fue directo a ellos para abrazarlos.

—Pero, ¿cómo? No entiendo cómo lo lograron —dijo Alol.
—¿Creíste que unos cuantos barcos nos iban a detener? Fue una batalla muy peligrosa, pero estamos aquí, que es lo que importa —respondió Yuntar.
—No saben la felicidad que siento al encontrarlos, creí que jamáslos volvería a ver —contestó Alol con lágrimas en los ojos.
—¿Sabes?, tuve que ayudar un poco a Jabee, su habilidad ha declinado —contestó Yuntar con una gran carcajada en la boca.
—¡Mi habilidad!, ¡pero si fui yo quien te salvó! — respondió Jabee.

Los tres amigos disfrutaban su reencuentro entre bromas y risas, hasta que se acercó uno de los guardias del palacio y les anunció que eramomento de pasar al salón principal, en donde los esperaban. Entonces se dirigieron al salón. Al entrar, vieron reunidos a todos los comandantes del Ejército Aquarius, que esperaban el momento en que Eguia le fuera entregada a Anfour, líder y gobernante supremo del Reino Aqua.

—Acérquense, mis valientes guerreros —ordenó Anfour cuando vio a los tres jinetes en el umbral del salón esperando sus instrucciones.

Alol y sus compañeros recorrieron el largo camino hasta el estrado, donde se encontraba Anfour. A su paso, los invitados enmudecían y sólo se podía oír el eco de los pasos retumbar en todo el salón. Ya en el estrado, Anfour se dirigió a Alol:

—Alol, entrégame a Eguia —Anfour le indica a Alol estirando el brazo derecho.

C. R. V Cerdán

—Sí, aquí está —respondió Alol y extendió sus brazos para entre- gar la espada.

—Amigos, aquí tengo a Eguia, la espada que fue creada para este reino y que se mantuvo en resguardo todos estos largos años. Ahora el viento ha traído nuevas adversidades a nuestro reino, es momento de retenerla en nuestras manos y reunir nuevamente a los valientes guerreros, protectores de nuestra tierra. Sin embargo, en esta ocasión no seré yo el que la porte —dijo Anfour con la espada levantada, mostrándola a sus leales guerreros.

Entonces todo el salón enmudeció y una expresión de sorpresageneral apareció en los rostros de los asistentes.

—Pero Anfour, si no eres tú, ¿quién la portará?, ¿quién podrá hacerlo? —preguntó uno de sus consejeros más allegados.

—Yo ya estoy viejo y esta espada necesita que la porte sangre joven, alguien que pueda expresar las dimensiones de su verdadero poder. El elegido se encuentra frente a ustedes, es uno de estos valientes jinetes que fueron a buscarla. Recuerden que frente a nosotros tenemos a Jabee, comandante de los jinetes Aquarius, a Yuntar, comandante de la fuerza marina de ataque, y Alol, comandante de las fuerzas especiales. Ellos son los guías del ejér- cito; ¿quién mejor que ellos para tener a Eguia en sus manos? Mi decisión está tomada y espero que la respeten; no habrá marcha atrás.

Entonces Anfour caminó hacia los tres jinetes. Ninguno de ellos comprendía bien qué era lo que pasaba en ese momento. Todos los espectadores permanecían callados y ansiosos de ver a quién le sería entregada la espada. Anfour se detuvo, alzó la espada y dijo:

—El que reciba la espada será el general del Ejército Aquarius, pero tendrá que rendir cuentas a todos los presentes. Yo seguiré estando al frente del gobierno. Da un paso al frente, Alol. – Anfour dijo estas palabras con una fuerte determinación.

Alol obedeció y Anfour colocó la empuñadura de la espada frente a ella. —Es momento de que cumplas tu destino. ¡Toma la espada! – Anfour le dice esto regalando una sonrisa al final.

—Pero, yo no soy, gracias por este honor, pero... — respondió Alol, abrumada por una gran alegría y a la vez sacudida por un nerviosismo que la enmudecía; entonces fue interrumpida.

—He dicho que mi decisión se va a respetar y tú eres la indicada para tenerla —gritó Anfour. Todo el salón estaba sorprendido con su decisión—. Además, sé que la has probado con muy buenos resultados —dijo Anfour en un susurro al oído de Alol.

Alol bajó una rodilla y tomó a Eguia.

—Yuntar y Jabee, sé que van a proteger a Alol con su vida y se los agradezco —dijo Anfour viéndolos a la cara.

—Siempre lo haremos —respondieron ambos al mismo tiempo.

—¡Es momento de recuperar el mar! —exclamó Anfour, y su grito de guerra arrancó aplausos y vivas entre el exaltado público.

Con esto se dio por terminada la sesión dentro del salón. Alol informó a uno de los consejeros que dirigiría un discurso a todos los habitantes de Zouro en la explanada, fuera del palacio Mantarraya, esa misma tarde.

Comenzaron los preparativos para la presentación de Alol como general del Ejército Aquarius. Se tocaron los caracoles y conchas de mar, que avisaban la llegada de novedades al reino. Los anfibius se acercaron a la plaza para escucharlas. No sabían lo que sucedía. Inquietos, pregunta- ban a los guardias de palacio y estos les respondían que faltaba poco para que se enteraran de la noticia.

De pronto se escuchó un sonido de combate, proveniente de una concha de mar. Entonces salieron del palacio todos los comandantes del Ejército Aquarius y, atrás de ellos, los consejeros del reino. Se colocaron a los extremos de la plaza formando un círculo; sólo quedó libre un espacio al centro.

Los balcones del palacio y todos los alrededores estaban llenos de habitantes y soldados. Era un momento excepcional, los ojos de Zouro se encontraban en la plaza central, en donde no cabía un habitante más. Se volvió a escuchar el sonido de la concha, pero esta vez más cerca, proveniente del interior del palacio. De él salieron dos sombras. Eran Jabee y Yuntar, quienes se colocaron justo en el centro, uno en cada lado. De momento, el sonido de la concha marina se escuchó más fuerte, a tal grado que calló a todos los presentes. Era Alol, quien venía del palacio.

Se detuvo en el centro del círculo, a la altura donde se encontra ban Yuntar y Jabee. Los habitantes del reino no sabían qué era lo que ocurría. Cuando terminó la melodía proveniente de la concha, Alol la guardó en su cinturón y dijo:
—Seres de este maravilloso Mundo, los han convocado el día de hoy para ver el resurgimiento de este reino. Es un renacer no sólo porque he sido nombrada lideresa del Ejército Aquarius, sino porque estamos dispuestos a recuperar nuestros mares, que nos han sido arrebatados injustamente por el enemigo. En mis manos tengo a Eguia, que es nuestro tesoro más preciado, y con ayuda de ella juntaré a los anfibius. Estamos dispuestos a buscar la paz nuevamente, a recuperar la esperanza y la fe perdida. No soy la lideresa que manda este ejército, soy quien los ayudará a encontrar el camino de la victoria poniendo mi vida de por medio. El consejo del mar, así como los grandes dragones azules y todos ustedes, serán testigos de ello. Anfibius, es momento de que volvamos a ver el cielo, a ver que tenemos derecho de vivir, a ser felices, a amarnos... Juntos lo vamos a lograr.

Terminando Alol estas palabras, las conchas marinas en la plaza comenzaron a tocar diferentes sonidos y todos los presentes comenzaron a aplaudir y a gritar de felicidad.

Entonces los habitantes de Zouro celebraron, no sólo porque Alol estaba al frente de las tropas, sino porque con la ceremonia habían recuperado la fe en que algún día regresaría la paz al reino. Este era un día diferente, se podía sentir una energía llena de vida que abrazaba a los corazones de todos los habitantes del Reino Aqua sin excepción. Todos confiaban plenamente en Alol y en lo que podía hacer.

En el Palacio Mantarraya, en la ciudad de Zouro, ocurrió uno de los sucesos más importantes de todo el Mundo Azul. Alol fue nombrada lideresa del Ejército Aqua y se le entregó el tesoro más preciado: la espada Eguia, también conocida como la espada del Reino Aqua. Muchos años permaneció Eguia guardada en los mares de Beugo, el refugio de los dragones azules, protectores de los mares.

Alol demostró que era merecedora de este enorme instrumento de poder por ser pura y noble de corazón. No tuvo que realizar ningún tipo de hazaña; sólo tuvo que demostrar que tenía la voluntad de ayudar.

Pero la decisión no había sido tomada por el consejo de los mares, ni por Anfour, quienes velaban por el Reino Aqua. No. Fueron los dragones azules, que descansaban en los mares de Beugo, quienes en un mensaje le informaron a Anfour, mientras Alol realizaba su entrenamiento en el Beugo, el nombre del nuevo general. El mensaje decía lo siguiente:

"He encontrado un guerrero digno de portar el gran poder de Eguia. Pronto vendrá un tiempo en que será necesario que se la entregues, Anfour. Mientras tanto seguirá aquí en resguardo. Lo dicho es un secreto que jamás deberás revelar." Rebzo

Rebzo, el líder de los dragones azules conoció a Alol desde que era muy pequeña, y desde entonces vio en ella un corazón puro, lleno de verdad, amor, esperanza y fe. El Ejército Aquarius estaríabajo su control y contaría con el apoyo de todos los dragones azules. Este reino llevaba muchos años tratando de vivir en paz, pero el marque representaba su modo de vida estaba infestado de mortales enemigos.

Los tiempos comenzaban a cambiar en el Mundo Azul. La noticia llegó a todos los reinos y fue acogida con alegría y sorpresa. En cambio,los reinos enemigos la recibieron con temor.

Ejército Real Xgon

os canales místicos formaban un puente de enormes dimensiones entre el Reino Místico y el Reino Aire. La Alianza sabía que si los controlaba, dominaría el único paso por tierra hacia los Reinos Aire y Sabiduría. Entonces, la única vía para el comercio que les quedaría sería la marina, que también tenían controlada con los piratas por el sureste y con los hombres por el noroeste. Las cordilleras, la única salida libre, eran muy peligrosas porque su clima extremo generaba terribles tormentas que hacían imposible el tránsito comercial.

La Alianza separó una parte de su ejército para dominar los pueblos fronterizos que se encontraban entre los canales místicos y el Reino Aire; el Ejército Aire, al momento de ver la movilización del Ejército del Mal en su frontera sur, solicitó apoyo al Reino Sabiduría para detener y repeler el avance del enemigo.

Gran parte del Ejército Aire se encontraba en ese momento peleando en el norte, defendiendo las tierras de los dragones grises en el territorio de Ghrahes, ubicado en las montañas al oeste del Reino Dragón.

Una legión del Ejército de la Alianza, conformada por hombres, voulcanos y dragones rojos, intentaba tomar el territorio; la orden de la misión era terminar con el hábitat de los dragones grises y garantizar el exterminio total en la zona: no podían quedar sobrevivientes.

Con esa estrategia, la Alianza pretendía gobernar el Mundo Azul con mayor facilidad, dejando a sus adversarios sin posibilidad de reunirse y debilitándolos hasta su rendición. Un medio para lograr el objetivo era atacar la frontera sur del Reino Aire, conformada por los canales místicos. Era una estrategia que lograría dividir los ejércitos y reducir el número de efectivos en ambos campos de batalla. La misión también mostraría el poderío militar de la Alianza.

La noticia llegó al alto mando del Reino Sabiduría, al gran consejo de magos, encargado del gobierno. De inmediato se organizaron reuniones y los consejeros decidieron apoyar a sus vecinos; sabían que si el Reino Aire caía, ellos serían los siguientes. Nombraron al mago Tedxo encargado de guiar la misión y detener las tropas enemigas. El plan consistía en enviar tropas del Ejército Real Xgon, en cuyas filas peleaban tanto los magos más fuertes de todo el Mundo Azul, como los axpanes reales, guerreros entre- nados en magia y con adiestramiento especializado para la batalla.

El objetivo era detener el avance del enemigo y desplegar el inmenso poder del Ejército Real Xgon. Al consejo de magia no le importó correr el riesgo, aun sabiendo que así exponía la vida de uno de sus mejo- res magos. Los consejeros confiaban en que esta acción también ayudaría a detener los ataques constantes a los Reinos Aire, Sabiduría y Aqua, que peleaban en la misma lucha, y que así se configuraría un freno para que el enemigo viera que estos reinos no estaban completamente desprotegidos. Este tendría que ser un golpe duro y directo a los planes de la Alianza.

En total, la misión estaba conformada por seiscientos axpanes reales y trescientos magos. Deberían encontrarse con las tropas del Ejército de los Cielos (Reino Aire) y apoyar a sus soldados para detener el avance del enemigo. El Ejército Real Xgon no se caracterizaba por ser muy numeroso, sino por su destreza en batalla. Eran pocos los privilegiados que lograban ser parte de él; se decía que sus integrantes podían terminar con sus adversarios con mucha facilidad.

Tedxo no sólo comandaría a los soldados que le asignaron, también dirigiría un batallón de estudiantes de magos conocidos como axpanes. Uno de los estudiantes de este ejército y el principal aprendiz de Tedxo, era Oxtan, un joven huérfano que desde muy pequeño llegó a sus manos para su cuidado, protección y enseñanza. Oxtan, de tan sólo 21 años, con una estatura de 2.10 metros, grandes manos, musculatura abundante y ojos verdes penetrantes, era un aprendiz de mago, un axpan.

Antes de convertirse en magos, los discípulos tenían que pasar una primera prueba; después de superarla se les permitía volverse axpa- nes reales o continuar con un entrenamiento más duro tras el cual adqui- rían el grado de magos. Oxtan era un axpan de primer grado, pero con más habilidades que la mayoría debido al entrenamiento al que lo había sometido Tedxo, al que se sumaba el que era impartido por el colegio del consejo de magia. Tedxo era un tutor muy estricto y de disciplina ejemplar. Bajo su cuidado, Oxtan logró educación y habilidad.

No era la usanza llevar a batalla aprendices o axpanes de primer nivel, pero en este caso Tedxo sabía que las tropas asignadas eran insuficientes y tenía que juntar a todos los elementos posibles. Tedxo propuso al consejo de magia llevar a los axpanes y prometió entregar su propia vida para protegerlos. El consejo cuestionó su sugerencia, pero los argumentos de este fueron suficientes para que aceptara su oferta. Tedxo sabía que los axpanes aprenderían mucho en esta batalla y que así, en un futuro próximo, lograría conformar un ejército más fuerte y profesional.

Tedxo juntó su ejército y se dirigió hacia el sur, a la frontera del Reino Aire. Le tomó varios días llegar, dado que fueron a paso lento para no quitarle energía a los soldados. Antes de llegar a la frontera, se dirigió a Rafye, una de las ciudades del Reino Aire, para encontrarse ahí con el ejército aliado. En ese lugar lo esperaba una parte del Ejército de los Cielos que fue enviada a cuidar la frontera y que estaba conformada por ochocientos ángeles y ochenta dragones grises. Para los jóvenes axpanes fue una gran impresión ver al ejército aliado.

El Ejército de los Cielos era el más temido en el Mundo Azul, no existía un ejército que equiparara su destreza en el combate ni poderío en una batalla de iguales. Su presencia los hizo sentir confiados y tranquilos ante la batalla que se avecinaba.

En la guerra, lo que contaría y sería decisivo era la estrategia de ataque, dado que el Ejército Real Xgon no contaba con un gran número de tropas. El enemigo los superaba casi dos a uno; no iba a ser una batalla fácil. En un enfrentamiento en campo plano y abierto, el ejército que cuenta con el mayor número de tropas lleva ventaja, dado que no se cuenta con algo qué protegerse o con qué realizar una estrategia: una montaña, árboles, rocas, etc. Este territorio está completamente desierto, es un campo abierto por completo.

En los canales místicos había un campo abierto, una explanada muy grande donde no había vida vegetal ni animal. Era un territorio completamente plano, por lo que la batalla sería frente a frente, sin posibilidades de ocupar algún terreno como lugar estratégico. Los jóvenes axpanes que habían ido a la batalla, nunca habían experimentado una batalla real, sólo entrenamientos. Por tal motivo, mostraban nerviosismo desde el camino a Rafye.

Cuando el enemigo se encontraba justo en el centro de los canales místicos, a pocos días de la frontera con el Reino Aire, el Ejército Real llegaba ya a la frontera sur; iban a enfrentarse a un ejército de hechiceros, bestias y mercenarios. En el punto de encuentro con el Ejército de los Cielos, Tedxo solicitó hablar con el ángel al mando.

—Mi respetable hermano, hemos venido del Reino Sabiduría a traer apoyo para defender sus fronteras —dijo Tedxo al presentarse con el ángel a cargo.

—Le agradezco que hayan venido desde tan lejos a apoyarnos, incluso a sacrificar sus vidas con nosotros —contestó el líder del ejército haciendo una reverencia.

—Hemos venido, pero no a sacrificarnos; hemos venido a ser parte de su victoria. ¿Con cuántos soldados contamos? —Contamos con 800 valientes ángeles y 80 grandes dragones grises contestó con una sonrisa el líder del ejército de los cielos.

—Y nuestro enemigo, ¿con cuánta tropa cuenta? —preguntó Tedxo.
—No tenemos certeza, sólo sabemos que nos superan en promedio dos a uno —contestó el general.
—Le pido me deje preparar el encuentro. Le prometo una victoria con la menor cantidad posible de víctimas —contestó Tedxo.

Continuaron con la plática, en la que Tedxo explicaba por qué debían seguir su estrategia y qué resultados obtendrían de ella. Se separaron de las tropas y Tedxo marcó en el suelo, con ayuda de una vara sobre la tierra, cómo se imaginaba el desarrollo del encuentro.

Pasaron alrededor de tres horas. Después Tedxo juntó a todos los líderes de cada uno de los batallones de ambos ejércitos.

—En la primera línea quiero quinientos ángeles, sesenta dragones, trescientos magos y cuatrocientos axpanes conmigo. En la segunda línea de ataque van a estar ciento cincuenta axpanes y cien ángeles en embestida. El resto de las tropas se quedarán atrás, atentas a mi indicación de ataque —dijo Tedxo dando las indicaciones a cada uno de los integrantes de las tropas de ambos ejércitos.

Esto desconcertaba a todos los soldados, porque el que hubiera dos enfrentamientos significaba que la batalla duraría mucho más de lo pensado. Pero lo más desconcertante de todo era la decisión de dividir las fuerzas, sobre todo cuando el enemigo contaba con un mayor número de soldados.

Las tropas, perplejas, se dirigieron al campo de batalla. Enviaron dos ángeles a que investigaran a qué distancia se encontraba el enemigo. Sólo uno de ellos regresó con vida. Fue directo a alertar a su líder:

—Son demasiados. Al llegar a realizar el reconocimiento del campo
fuimos atacados por una intensa nube de flechas. De momento intentamos escapar, pero sólo yo fui el afortunado y, aun así lograron herirme en el costado derecho —alertaba el ángel mensajero a su líder respecto de la fuerza del enemigo.

—¡Tedxo, Tedxo, Tedxo! —gritaba el líder del Ejército de los Cielos mientras se acercaba al mago, y le informó lo que le había transmitido su mensajero.

—El enemigo ya no va a avanzar más, es momento de acercarnos,

de iniciar esta batalla —dijo Tedxo con tono firme.

Se dieron indicaciones claras de que la batalla se iniciaría con los primeros rayos de sol al día siguiente, gracias a lo cual las tropas tendrían un día para descansar y reponer fuerzas después del viaje que habían realizado. Montaron un campamento provisional y descansaron unas cuantas horas.

Al levantarse al día siguiente, Tedxo dio aviso a todos los soldados de ambos ejércitos para que hicieran filas porque había llegado el momento de iniciar la batalla. Así, una vez formados los grupos, comenzaron a avanzar. Tedxo partió con el grupo que iba del lado izquierdo y pidió a Oxtan que dirigiera a los 149 valientes axpanes de primer grado que formaban el escuadrón del lado derecho. Tedxo decidió seguir con lo planeado, sin importar el aviso de la gran fuerza del enemigo, así que continuaron avanzando conforme a la estrategia que se había establecido tiempo atrás.

A unos cuantos metros del lugar preciso donde habría de comenzar la batalla, Tedxo se adelantó al frente de la primera línea de ataque y dejó parte del ejército rezagado. Acercándose lo suficiente, logró ver que el ejér- cito oponente contaba con nueve grupos de ataque en el frente, cuatro de mercenarios y cinco conformados por bestias, y que en la parte trasera se lograba ver a los hechiceros resguardándose con el resto de la tropa.

"¡Cobardes, se esconden de la batalla!", pensó Tedxo y aumentó el trote de su caballo, comenzando a galopar y dejando atrás al resto del ejército; esta era la señal para que se agruparan.

En ese momento, los dragones formaron tres frentes, uno de cada lado y uno justo en el centro. Realizando un vuelo bajo, doscientos ángeles se colocaron justo en medio de la formación dragón, tanto del lado derecho como del izquierdo; sólo quedaron setenta y cinco efectivos detrás de ellos.

Los axpanes aprovecharon el vuelo bajo de los ángeles y se colocaron justo debajo de ellos. Los magos se dividieron en dos grupos, la mitad acompañando a Tedxo y el resto detrás, a cierta distancia. Al ver la acción, el enemigo dio el aviso inmediato a sus tropas de avanzar a toda velocidad sin romper los grupos. Entonces al fin se dio el choque entre ambos ejércitos. El golpe fue tremendo, el sonido retumbó en el aire y la tierra vibró con el impacto. La batalla acababa de iniciar.

El ataque contra el Ejército de la Alianza hizo que se perdieran mu- chas tropas. Al ver que no sería fácil derrotar a la unión de ambos ejércitos, dieron la orden a sus arqueros de realizar una lluvia de flechas sin importar que estas hirieran a sus propias tropas; además, los hechiceros contaban con poderes de gran alcance. Al ver que la lluvia de flechas comenzaba, Tedxo dio la señal a los dragones de elevar más su vuelo para evitar los ataques, los dragones comenzaron a volar a gran altura y bajaron en embestida para poder dar muerte a las bestias, que eran su objetivo primordial, pero el esfuerzo de estarse elevando y bajando reducía de gran manera su habilidad de combate.

Los ángeles, por su parte, arremetieron contra los mercenarios; estos los superaban por mucho en número, sólo podían atacar a unos cuantos para no arriesgarse demasiado. Mientras tanto, en tierra los axpanes y los magos soportaban los ataques de alcance de los hechiceros e impedían que el ejército enemigo ganara terreno.

"Es una batalla mortal, no creo que sobrevivamos a ella. Nuestros soldados hacen lo imposible pero no hay manera de aguantar este paso", reflexionó el líder del Ejército de los Cielos cuando defendía a uno de sus soldados.

74

Cuando la esperanza se encontraba frágil y el Ejército de la Alianza comenzó a ganar terreno, Tedxo estiró su brazo derecho hacia el cielo y un rayo azul de luz brillante salió de él.

El enemigo interpretó la señal como signo de desesperación y retirada. Sin embargo, era la señal para que se abriera una brecha del lado derecho del Ejército Xgon de la que salieron los 150 axpanes apoyados por 100 ángeles liderados por Oxtan.

Todos ellos formaron una línea muy delgada de ataque. El enemigo se sorprendió porque jamás imaginó que todavía hubiera tropas de reserva; sin embargo, calcularon su número y pronto decidieron que no era suficiente como para alarmarse. Tampoco creyeron necesario asistir a sus compañeros caídos en lucha, y continuaron su camino hasta el centro del ejército opositor. Entonces Tedxo dio una señal más: un rayo luminoso, ahora de color rojo, resplandeció en el cielo, y justo cuando empezaba a desaparecer, el destello brilló apoyando al batallón de Oxtan: veinte dragones grises en alto vuelo.

El batallón comenzó a dar muerte a los mercenarios armados con arcos y flechas y a los hechiceros. Al fin, después de tantos esfuerzos y tan- tas bajas de amigos y soldados, el contraataque del Ejército de los Cielos y Real Xgon estaba funcionando.

El Ejército del Mal entró en desesperación y de momento rompió filas al frente de la batalla para apoyar a su reserva. ¡Grave error!, porque un ejército que rompe filas se desarticula por completo, pierde su unidad y rumbo, se vuelve un niño asustado, huidizo, en un bosque que teme y desconoce.

Oxtan siguió su camino al frente del ejército. De un momento a otro, se le presentó enfrente un hechicero.

Era de edad adulta, y con una luz proveniente de sus manos gol
peó a Oxtan en el pecho y lo derribó de su caballo. Oxtan logró
levantarse aún aturdido por la caída, pero el mismo hechicero le
lanzó una bola de luz. Oxtan, confiado en su habilidad y fuerza,
logró detener el ataque con ayuda de su báculo.

—Pero si eres un simple axpan. ¿Crees poder derrotarme? —preguntó
el hechicero.

Sin responder a la provocación, Oxtan levantó con su brazo su
enorme báculo y lo clavó en la tierra con un golpe firme y seco. El
espacio alrededor de la hendidura comenzó a cuartearse hasta que
una enorme grieta se dibujó a gran velocidad en dirección al
hechicero; poco antes de que lo alcanzara, Oxtan haló su báculo y
del centro de la hendidura en la tierra brotó una gran explosión. Un
enorme resplandor surgió de ella y ocultó al hechicero.

—Veo que no eres un simple axpan como los demás. En un futuro te
podrías volver una amenaza para nosotros, por eso acabaré contigo
ahora —dijo el hechicero, quien había reaparecido atrás de Oxtan.
—El que va a morir eres tú —gritó Oxtan y mientras corría hacia el
hechicero, todo el poder de su cuerpo se acumulaba en una bola azul
que sostenía en su mano.

El hechicero se suspendió en el aire y voló hacia él; sobre sus
manos extendidas aparecieron dos enormes bolas de poder color
mora-do. Entonces se detuvo abruptamente, a sólo unos metros de
Oxtan, y gritó:

—Medari —uniendo ambas manos, el hechicero concentró en un solo punto todo el poder que tenía acumulado y se lanzó hacia Oxtan. Una vez más, Oxtan frenó, pero esta vez movió el brazo izquierdo hacia adelante y con un movimiento rápido colocó la mano derecha justo en su muñeca izquierda y gritó: —Astron —una enorme bola de color azul salió de su mano izquierda con dirección al hechicero. Las dos bolas de luz que provenían de ambos contrincantes chocaron justo en medio de ellos.

El choque de los poderes rebotó en ambos cuerpos y los lanzó hacia lados opuestos volando por los aires. Oxtan quedó aturdido en el suelo durante algunos segundos. El hechicero, que había logrado levan- tarse antes, dijo:

—Es mejor que me vaya, no es el momento de hacer frente a este guerrero. Ya habrá tiempo. —El hechicero se alejó volando. Uno de los axpanes fue al auxilio de Oxtan, para ayudarlo a levantarse y tratar de sanar sus heridas.
Oxtan se preguntó si todos los hechiceros eran igual de poderosos que ese al que había enfrentado. Se dio cuenta entonces de que su entrenamiento tenía que ser más intenso y exigente, y que debía entregarse con más devoción a él, si quería convertirse en un mago.

La batalla continuaba y el enemigo perdía cada vez más terreno. Muy pronto las tropas enemigas tocaron la señal de retirada. Al oír la señal, Tedxo envió al cielo un último rayo color verde, señal para que las tropas que no estaban combatiendo se dirigieran al sur, persiguiendo al enemigo. Así que cuando las tropas enemigas creían que habían logrado escapar, ciento cincuenta ángeles, con la fuerza intacta, les dieron alcance. Después de la señal luminosa, habían volado por el lado izquierdo del campo de batalla para detener al enemigo y evitar que huyera.

78

La estrategia utilizada por Tedxo fue todo un éxito. Las últimas tropas que entraron a la batalla habían dado muerte al enemigo con gran facilidad y con muy pocas bajas de su lado. La llegada imprevista del segundo ejército había confundido al Ejército de la Alianza y había roto ladefensa que se había levantado en la frontera norte del Reino Místico.

Al finalizar la batalla, de camino ya al campamento, un ángel recibió un aviso. Voló rápido y habló con el líder del Ejército de los Cielos:

—¡Algo terrible está ocurriendo! Un ejército muy grande y poderoso está atacando el puerto de Faily. La lideresa de nuestras tropas, Rioda, solicita apoyo —dijo el ángel completamente alarmado. El líder buscó a Tedxo y le informó lo que estaba ocurriendo en Faily. Tedxo reunió a los líderes y a Oxtan.

—Esta batalla no ha terminado aún, sólo fue una distracción: están atacando el puerto de Faily. Hay que ir de inmediato a apoyarlos —ordenó Tedxo, y en sus palabras se advertía una gran preocupación. — ¿Cuántos dragones han sobrevivido a la batalla? — preguntó Tedxo. —Sólo cuarenta, mi señor —le respondió uno de los soldados. — Llámenlos de inmediato, es necesario que ahora apoyen a sus hermanos.

—Pero Tedxo, tardaremos más de seis días en llegar — respondió desesperado uno de los ángeles. —Con mayor razón, necesitamos el apoyo de los dragones para llegar en el menor tiempo posible —Tedxo le dijo estas palabras al líder de los ángeles.

Entonces llegaron los dragones. Les ataron cuerdas en las patas y en las alas, a guisa de montura, para que los ángeles pudieran agarrarse de ellos durante el vuelo.

C. R.V. Cerdán

—Se trata de un antiguo conjuro que multiplica a tal punto la velocidad de los dragones que los hace inalcanzables. Estas cuerdas son para quelos soldados se amarren a ellas firmemente—Tedxo explicó a un ángel.

—He escuchado leyendas sobre ello. Es uno de los secretos del libro delMundo Azul. Pero, dígame, ¿qué pasará con los drago- nes? —El ángel le pregunto a Tedxo.

—El conjuro les da velocidad, pero los hace perder gran parte de su poder; si esto es cierto, deberán dejar a los soldados en la batalla y salir de inmediato. No tendrán fuerza para poder combatir, pero para ayudar en la batalla estamos nosotros —Tedxo le dijo estas palabras.

Los dragones tomaron camino junto con los magos, ángeles y los axpanes reales más entrenados. Los demás soldados que quedaron en la batalla cabalgarían en dirección a Faily.

Tedxo le dio indicaciones a Oxtan de que llevaran a los sobrevivientes de regreso a casa, que fueran directo y le dio un pergamino cerrado que tendría que entregar al consejo de magia, sin importar qué pasara.

Lucha de Hermanos

En el Reino Esperanza proliferaba la paz y la armonía. La búsqueda que impulsaba a los habitantes de este reino era tener mejor calidad de vida, pero no a través de la riqueza o la expansión de territorios, sino en la armonía entre los seres vivos, respetándose unos a otros. No mataban por placer, sólo por supervivencia, y con ello daban continuidad al ciclo natural; estaban en contra de cualquier acto bélico.

Vivían alejados de todo tipo de lujo y riqueza y no tenían contacto con los demás reinos. Su principal fuente de riqueza y lugar más respeta-do era la Laguna Blanca, de belleza inigualable en todo el Mundo Azul.

La Laguna Blanca contaba con la cascada invertida, un torrente de agua en contrasentido que emergía con fuerza de lo más profundo del estanque; en la parte más alta de la columna líquida se formaba una espuma cristalina que al caer nuevamente con el agua formaba pliegues y ondulaciones de apariencia inmaculada; de ahí el nombre de este lugar.

La Laguna Blanca era protegida por un grupo de terratenientes entrenados para tal fin. Era tan valiosa que muchos llegaban de muy lejos a tomar tan sólo un poco de su contenido.

Los terratenientes dejaban que los extraños llegaran a admirar su belleza y beber un poco de líquido; incluso dejaban que navegaran pocos metros adentro de ella. Sin embargo, el contacto era muy restringido; jamás dejarían que la Laguna Blanca perdiera su belleza o se contaminara. Era su recurso más valioso, un lugar casi sagrado, y lo defenderían con su vida.

C. R.V. Cerdán

Ova, guerrero líder de un batallón del Ejército Esperanza, considerado como uno de los soldados más fuertes, logró reforzar las alianzas con los dragones verdes a fin de garantizar una defensa más poderosa. Su joven hermano, Nuyan, se encontraba apenas en preparación para convertirse en un soldado del Ejército Esperanza.

***

Se escucha el tañer intermitente de campanas en el centro deEhoza, capital del Reino Esperanza. Lejos del centro, en una pradera abierta, dos terratenientes se entrenan al lado de un dragón verde.

—¿Qué es lo que se escucha, Ova? —preguntó un joven terrateniente a su hermano mayor.

—¡Nuyan!, ¡cuidado! —advirtió Ova a su hermano, quien realizaba un vuelo de aprendizaje montado en un dragón verde.

—¡Rápido!, ¡levanta el vuelo, Gorka! —gritó Nuyan al dragón. El dragón se elevó, pero Nuyan no pudo sostenerse y cayó al suelo. Ova se acercó a su hermano.

—Hermano, ¿te encuentras bien? —preguntó Ova mientras se acercaba a este.

—Sí, pero he caído sobre mi pierna derecha y me duele mucho —respondió Nuyan al tiempo que sujetaba su talón con ambas manos con un gesto de dolor.

—Te lo he dicho siempre, debes tener mucho cuidado cuando estás encima de Gorka, tanto él como tú están aprendiendo a volar juntos —reviró Ova con tono de enojo.

—Perdóname, me distrajo ese sonido que viene de lejos —se disculpó Nuyan.

El sonido de las campanas no cesaba.

—Tienes razón, esas campanas llaman a los sabios del reino a una reunión de emergencia; algo debe estar ocurriendo. Nuyan, prométeme que te irás a casa y pedirás que te atiendan esa herida — pidió Ova a su hermano con tono firme y luego dirigió la mirada a Gorka, que se encontraba a un lado.

—Y tú, Gorka, prométeme que así será.

—Sí, Ova, no te preocupes —contestó el dragón verde. Ova corrió con dirección al sonido de las campanas y gritó con fuerza:

—¡Efanoooooooo! —se escuchó entonces un rugido grave y atemorizante.

De entre los árboles salió, veloz, un enorme dragón verde con largas alas desplegadas. Cuando se acercó lo suficiente a Ova, este realizó un brinco ycayó en la espalda del dragón. Ambos se dirigieron a la ciudad. (La población de dragones verdes con alas representa 30% del total de la especie.) Ova y Efano no pueden dejar de sorprenderse de la sincronía que hay entre ambos.
—Por algo Ova es el mejor guerrero del reino —le dijo Nuyan a Gorka. —Así es, algún día podremos hacer eso; sólo ten paciencia. Pero primero tenemos que llevarte a que te revisen esa pierna —dijo Gorka mientras ayudaba a Nuyan a subir a su espalda para entonces salir del campo de entrenamiento.

Ehoza es una ciudad rodeada de árboles. Es difícil encontrar su posición desde el aire. Los terratenientes respetan a todas las criaturas que existen en el Mundo Azul; por ello, no derriban árboles, a menos que sea estrictamente necesario. Las construcciones no pasan la altura de losárboles.

Ova y Efano llegaron al lugar de donde provenía el sonido: varias campanas tocadas al unísono, colocadas y sujetadas a diferentes alturas en los árboles.

¡Hemos llegado! Espera aquí Efano, voy a averiguar qué ocurre —
Ova le dijo esto al dragón mientras se baja de la montura y camina al
lugar donde tocan las campanas.

Dos guardias cuidaban la entrada a una cueva, arriba de estas
estaba la estructura que sujetaba las campanas.

—¿Qué es lo que pasa aquí? —les preguntó Ova.
—Es una reunión secreta de los sabios del reino. No estamos au-
torizados a decir más —contestó uno de ellos.
—Déjenme entrar, soy Ova, discípulo de Alten —y Ova dio un paso
adelante.
—Esta reunión está más allá de Alten, de los dragones verdes o de ti.
¡No pasarás! —respondió agresivo el segundo guardia.

Ova sabía que podía luchar contra ellos y entrar, pero esa
no era la solución. Volvió a montar a Efano y le ordenó emprender
la marcha. La cueva que cuidaban los soldados no era más que un
pasadizo secreto hacia el lugar donde se realizaba la reunión.

La cueva llevaba a una explanada subterránea, donde
estaba reunido el consejo. Sólo los más sabios del reino se
encontraban ahí.

La forma de gobierno era equitativa; todos los habitantes,
según sus habilidades y preferencias, se dedicaban a diferentes
actividades, pero siempre motiva- dos por el beneficio común,
nunca por el interés personal. El consejo desabios estaba integrado
por las personas de mayor edad, sin importar la actividad que
realizaran.

Desde el aire, Ova siguió la formación rocosa de la cueva.
Justo cuando estaba a punto de perder el rastro, pidió a Efano
descender. Baja- ron a una explanada alrededor de la cual no
había nada.

—Aquí es, Efano, tienes que cavar una entrada. ¿Crees poder hacerlo? —preguntó Ova.
—Sujétate muy bien —afirmó Efano.

Efano levantó el vuelo y antes de rebasar la altura de los árboles,bajó a toda velocidad, dirigiendo su cuerpo contra el suelo. Se escuchó un tremendo golpe. En la explanada sólo se distinguía una nube de polvo yun hoyo en la superficie.

Todo el lugar fue invadido por una nube de humo; sólo se alcanzaba a ver un hueco grande, suficiente para que un dragón entrara en él.Mientras tanto, dentro de la cueva se realizaba la sesión. Los sabios discutían sobre una carta enviada por el Reino Industrial.

Como los hombres no sabían la ubicación del Reino Esperanza, la carta fue entregada en Lecaut,el único puerto visible del reino. Tenía impreso el sello real del gobierno del Reino Industrial y era una propuesta de Diacie, gobernante de ese reino, que decía lo siguiente:

Al líder del Reino Esperanza: Permítame presentarme con usted. Soy Diacie, gobernante del Reino Industrial y fiel aliado de nuestro emperador Magnus.
La región de la Laguna Blanca es un territorio importante para nuestros entrenamientos militares, por lo que le pido que sin ningún tipo de violencia o resistencia, nos permita enviar tropas a ese lugar.
Le recuerdo que su negativa puede causar un problema en nuestra actual relación. Espero tener una pronta respuesta. Nuestro mensajero se quedará en su puerto hasta tener noticias suyas.

Justo cuando uno de los sabios leyó la última palabra del mensaje, el suelo y las paredes comenzaron a vibrar. De repente, justo en el centro del techo, se abrió una grieta y se escuchó un fuerte golpe; unanube de polvo saturó la sala.

—¿Quién se atreve a interrumpir nuestra reunión secreta? — protestó Entigos, el más viejo de los sabios. En respuesta, uno de los ancianos dio aviso a los guardias.

—Soy Ova, discípulo del gran Alten —respondió Ova y saltó al centro de la reunión—. Mi maestro tenía derecho a participar en estas reuniones, y ahora que él no está, vengo yo en su representación.

—No me importa quién haya sido tu maestro o quién te creas. Esto es una reunión sólo para sabios, y tú, muchacho, aún no lo eres — contestó Entigos dirigiendo a Ova una mirada directa y firme.

—Discúlpenme por intervenir de esta manera, pero algo me dice que el reino corre peligro —contestó Ova al tiempo que se justificaba con todos los sabios.
—Sé que eres muy bueno en lo que haces y lamentablemente vamos a necesitar toda la ayuda posible, así que, amigos sabios,
¡dejemos que se quede en la reunión y detengan a los guardias! — habló Entigos apuntando con la mano hacia la puerta de entrada al recinto.
—Nos hemos reunido porque esta carta llegó a nuestras manos.
Adelante, léela —ordenó Entigos después de entregar la carta a Ova.

Ova leyó la carta y súbitamente cambió la expresión de sus ojos.

—¡Pero esto es un truco!, lo que quieren es apoderarse de los recursos de la Laguna Blanca y buscar a Hialdur (Hialdur era una de las espadas de poder, conocida como la espada verde) —dijo Ova, muy exaltado.

C. R.V. Cerdán
Todos los sabios alrededor murmuraron una
exclamación deasombro.

—Ova, Hialdur es sólo un mito, una leyenda, algo que no existe —
contestó Entigos.

86

—No trates de engañarme, recuerda bien quién me instruyó —
respondió Ova.—¿Qué solución propones, joven guerrero? —preguntó
uno de los sabios que estaba al fondo.

—Señores, amigos, hermanos. No debemos permitir que los hombres
lleguen a la Laguna Blanca de ninguna manera. Prime- ro hablaré con
los dragones verdes para crear una alianza. Después juntaremos
nuevamente al Ejército Femarade (Esperanza). Tenemos una parte en
el puerto y con los guardias que hay aquí bastará para proteger esta
zona — explicó Ova.

—¡Ja!, ¿dragones verdes?, ¿crees que ellos nos apoyarán en esto? Sólo
porque te acompañe uno de ellos no significa que todos te apoyarán
para enfrentar al ejército de los hombres —replicó otro de los sabios
en tono de burla.

Todos los sabios comenzaron a discutir: unos apoyaban la idea de
Ova, mientras otros la rechazaban argumentando que tenían que
cedera la petición del Reino Industrial o de lo contrario se
enfrentarían a él enuna guerra. La discusión empezaba a subir de
tono.

—¡Silencio! Soy Efano, líder de los dragones verdes y fiel compañero de Ova —gritó Efano y todos callaron.

—Se los dije: contamos con el apoyo de los dragones verdes — afirmó
Ova.

—Amigos míos, tienen razón: no vamos a dejar que los hombres
lleguen a nuestro territorio. Manden señal al mensajero del Reino
Industrial de que la respuesta es no — dijo Entigos.

—Terratenientes, yo les juro que no los defraudaremos —prometió
Ova y de inmediato montó a Efano. Ambos salieron por el mismo
orificio que había cavado el dragón. Y entonces Entigos gritó: —Ova,
dejamos la seguridad del reino en tus manos —y el salón se volvió a
inundar de polvo.La respuesta fue entregada al mensajero del Reino
Industrial. Este, al momento de recibirla, tomó su caballo y salió de

esas tierras conrumbo al Reino Industrial.

***

Entre las indicaciones dadas al Ejército del Norte se decía que cuando se enviara la carta con destino a Lecaut, los soldados salieran de la gran fortaleza hacia la Laguna Blanca. Diacie (gobernante del Reino Industrial) había utilizado la carta como un medio de distracción para ganarle terreno al enemigo.

El general encargado de la misión era Rienque, muy amigo de Diacie. Rienque guardaba un odio muy grande y mucho desprecio hacia Eneol, por la admiración y el respeto que este despertaba entre los soldados.

Comenzando la mañana con los primeros rayos de luz, se escuchó un cuerno sonar en el patio central de la gran fortaleza. Esta se encontraba en las afueras del Reino Industrial, dentro de un territorio neutral, en frontera con el gran bosque. Siendo el punto más cercano a la Laguna Blanca desde cualquier reino que no sea el Reino Esperanza. La fortaleza era utilizada para acuartelar y entrenar a las tropas para la batalla.

El sonido del cuerno continuaba. Todos los soldados del Ejército del Norte que se encontraban acuartelados salieron al patio en respuesta al llamado.

C. R. V. Cerdán

Dentro de las tropas hacía falta la tropa del coronel Eneol, a la cual se había llamado a brindar apoyo en la batalla. En ese momento Eneol era encargado de algunas misiones, en particular las ordenadas directa- mente por Diacie. Rienque salió cuando la formación estaba completa. Los soldados estaban perfectamente alineados en un orden claro. Volteó para verlos. Ya que Eneol no se encontraba entre ellos, pidió que se presentara el mayor de su ejército.

—¿Qué es lo que pasa?, ¿dónde están las tropas adicionales y el inútil de Eneol? —dijo Rienque al mayor en tono bajo.
—Mi general, no lo sé. Tenían que haber llegado desde ayer por la tarde —respondió el mayor susurrándole al oído.

—Que rompan filas los soldados y cuando llegue Eneol que vaya a verme de inmediato —Rienque le dijo esto al mayor al oído mostrando un rostro de enojo.

Rienque dio la media vuelta y regresó al interior de la fortaleza con el rostro descompuesto por no tener al ejército completo. Los solda- dos estaban rompiendo filas, cuando un sonido provino desde afuera de la fortaleza. Era el cuerno de batalla (sonido que Eneol siempre utilizaba cuando llegaba a algún sitio).

Se escuchó un grito desde la torre de vigilancia:

—¡Abran las puertas que llegan soldados del Ejército del Norte! —uno de los vigilantes gritó ante la llegada de tropas.

Las puertas dieron paso a noventa soldados a caballo. Adelante marchaba el coronel Eneol con sus dos hombres de confianza, uno a cada lado; el de la izquierda portaba una bandera y el de la derecha el cuerno de batalla, que no dejó de sonar hasta que entró el último soldado.

Los soldados que se encontraban en el patio vieron llegar al ejército que comandaba Eneol y se acercaron a él; reconocían en esos caballeros un valiente ejército, conocido por su eficiente desempeño en batalla.

Rienque alcanzó a escuchar el alboroto del patio central y se asomó entre las columnas. Logró ver cómo todas las tropas se acercaban festejando y vitoreando al ejército que llegaba. Sintió una rabia profunda que le envenenaba el estómago.

C. R. V. Cerdán

—¡Mayor!, que se presente de inmediato ante mí el coronel que guía esas tropas —ordenó Rienque a gritos, señalando hacia la multitud.

El mayor se abrió paso entre los soldados y se dirigió hacia el coronel Eneol :

—¡Coronel, coronel!, lo llama el general; que se presente de inmediato con él —dijo el mayor a un costado de Eneol.

Eneol volteó a ver al mayor. Levantó con un gesto enérgico el brazo derecho, con lo que indicaba a su ejército que rompiera filas y tomara un descanso.

—Mayor, dígale al general que en un momento estaré con él —pidió Eneol y bajó de su caballo, cuyas riendas fueron tomadas de inmediato por otro soldado.

Eneol se presentó en la cámara principal, donde se encontraba el general con un grupo de coroneles y mayores del Ejército del Norte. A la entrada había dos puertas de madera muy grandes, con grabados que simbolizaban el poderío y la grandeza del Reino Industrial. Empujó hacia delante ambas hojas de la puerta, y con ese gesto logró que todos los presentes voltearan a verlo. Rienque, quien se encontraba mirando por
una ventana las afueras de la fortaleza, le dijo:

—Llegas tarde, Eneol —y dio media vuelta hasta quedar frente a la puerta.
—Siento la tardanza, general, pero vengo de tratar asuntos de Diacie en Indosta —contestó Eneol con algo de burla en el tono.
—Para ti, el emperador Diacie; no te dirijas a él como si fuera uno de tus soldados. —Rienque reprimió la manera de hablar de Eneol señalándole con el puño.

Eneol no respondió nada. Ignoró el comentario del general y tomó asiento ante una mesa redonda que se encontraba al centro de la cá-mara. En ella había un cuadro con arena en el que se planeaba la estrategia militar y se marcaba el avance de los ejércitos combatientes.

Eneol observaba con atención los trazos, cuando Rienque señaló el lugar donde estarían sus hombres. Con sorpresa entendió que lo habían puesto detrás de todos los demás, que no tendría otra alternativa más que ver la batalla desde la parte trasera, al final de las máquinas de largo alcance.

—Un momento, creo que aquí hay un error. En la estrategia que piensa seguir el general, mis hombres están con la caballería regular, y yo, detrás de las armas de largo alcance —Eneol señaló lo que veía en la mesa de combate y cuestionó la estrategia.

—No hay error en nada, Eneol, tus soldados formarán parte de la caballería regular y tú verás la batalla desde la parte trasera, como todos nosotros —respondió otro de los coroneles observando fijamente a Eneol.

De repente sonó un fuerte golpe contra la mesa.

—Coronel, ¡aún no he terminado! Mis hombres y yo combatimos siempre hombro con hombro y yo estaré al inicio de la batalla —protestó Eneol muy molesto, y nuevamente golpeó la mesa con el puño cerrado.

—Aquí no se hace lo que tú quieras. Yo estoy al mando y las cosas van a hacerse a mi modo —respondió Rienque, quien de inmediato se levantó de la mesa.

Molesto, Eneol también se levantó de la mesa y observó fijamente a Rienque.

—Yo no vine a jugar general, y voy a estar al lado de mis hombres. Otra cosa: lo único que van a conseguir con la estrategia que están trazando son más bajas y muerte a nuestros soldados —dijo Eneol, dio media vuelta y dejó el salón abriendo ambas hojas de las puertas y jalándolas hacia él. Al cerrarse al mismo tiempo, las puertas sólo dejaron ver la espalda de Eneol al alejarse.

Todos los participantes voltearon y vieron en la expresión de Rien- que que no podía contener el enojo. Sólo pudo contenerse para decir:

—Bien, si el valiente quiere morir al lado de sus hombres, será su decisión. Continúen, por favor —Rienque se sentó molesto a continuar con la reunión.

La reunión seguía su curso cuando apareció en el umbral del salón un mensajero con una nota para el general. Provenía de los terratenientes y en ella anunciaban que no cederían su territorio ante ningún tipo de amenaza. Entonces el Ejército del Norte comenzó la movilización de sus tropas para ubicarlas a las afueras del territorio de la Laguna Blanca, donde levantarían un campamento.

***

Uno de los guardias que fungían en la Laguna Blanca como vigilantes, llegó corriendo a una caverna donde se encontraban en sesión Ova con Efano, los líderes de las tropas del Ejército Femarade (Ejército Reino Esperanza), dragones verdes y terratenientes. Al intentar cruzar la entrada fue detenido por los guardias.

—¡Déjenme pasar!, ¡traigo un mensaje urgente para Ova! —dijo el guardia casi sin aliento.

—No podemos dejar entrar a nadie. Lo que quieras decir tendrá que esperar. Se encuentran en sesión y no pueden ser interrumpidos.

—dijo uno de los guardias de la puerta al tiempo que se colocaba frente al intruso.

—¡No entienden!, ¡es un asunto de vida o muerte que yo entregue esta información! —dijo el terrateniente recuperando el aliento.

Los guardias comenzaron a discutir y a hacer mucho alboroto. En ese justo momento, en medio de la sesión, Efano buscó los ojos de Ova, y cuando este sintió la mirada, volteó la cara para verlo.

—Ova, afuera hay un mensajero y no lo dejan entrar, tienes que hacer que pase, trae un mensaje importante —Efano habló directamente a la mente de Ova.

—¿Cómo lo sabes?, estamos en medio de una reunión y la información que aquí se discute no puede ser conocida por nadie más.

—Ova, sorprendido, abrió más los ojos, respondiendo esto a Efano.

—Vamos, confía en mí, no hay tiempo que perder —Efano insistió en su compañero.

Ova se levantó de la sesión y se acercó a la entrada de la cueva y dio indicaciones a uno de los guardias para que dejara entrar al mensaje-ro. Este apareció de inmediato y se dirigió a Ova:

—Tengo algo importante que decirles —le susurró al oído.

—Lo sé, no te preocupes —lo tranquilizó Ova y lo acercó al centro de la reunión.

—¡Amigos!, ¡guardemos silencio!, ¡acaba de llegar un mensajero que proviene del territorio de la Laguna Blanca! — Ova se quedó callado y se hizo a un lado para escuchar el mensaje.

Todos callaron y dejaron que el mensajero hablara. Tomó una respiración profunda y luego anunció:

—Les tengo que informar —dijo con el aliento entrecortado por el agotamiento—, que el ejército enemigo se está movilizando. Dejaron la fortaleza donde se encontraban y colocaron un campamento a las afueras del territorio de la Laguna Blanca —y entonces cayó exhausto al suelo.

—¡Rápido!, ¡denle asistencia! Dragones, terratenientes, ustedes lo acaban de escuchar, el enemigo está encima de nosotros. Es el momento de movilizarnos —dijo Ova al tiempo que señalaba un mapa ubicado al centro del salón sobre el que se diseñaba la estrategia.

La reunión continuó con el diseño de la estrategia de defensa. El mensajero recuperó el aliento y les habló de la ubicación del enemigo y el número de tropas. Al finalizar la reunión, Ova le pidió a Efano que prepa- rara las tropas, tanto de dragones como de terratenientes.

Ova fue entonces en busca de su hermano menor, Nuyan, quien se encontraba en uno de los campos de entrenamiento practicando junto con Gorka.

—¡Nuyan! —gritó Ova a su hermano aún desde muy lejos—. Hermano, ¿cómo te encuentras? —preguntó Ova a Nuyan.

—Practicando, hermano, una batalla se avecina y tengo que estar listo para apoyarte en la defensa de nuestro reino —respondió Nuyan mientras tomaba vuelo para volver a montar a Gorka.

—Tú no vas a combatir en esta batalla, Nuyan —anunció Ova. Nuyan se detuvo e, intrigado, se dirigió a su hermano:

—¿Qué dices?, ¿cómo que no voy a combatir, hermano?, si es el momento más importante para nuestro reino: es necesario defenderlo y se va a necesitar toda la ayuda posible —argumentó Nuyan.

—Lo sé, pero no sé el resultado de la batalla. Si no resulta nuestra estrategia, perderemos, y alguien debe quedarse a proteger el reino para que no se vuelva vulnerable — respondió Ova y colocó la mano sobre el hombro izquierdo de su hermano, mirándolo a los ojos.

—¡No lo puedo creer!, ¡mi propio hermano me traiciona! No, Ova, no me importa lo que digas, voy a ser parte de la resistencia, te guste o no —dijo Nuyan acercándose nuevamente a Gorka.

Los hermanos discutían cuando de repente llegó Efano a granvelocidad. Descendió a un lado de ellos y les dijo:

—Ova, nos atacan. Los hombres comenzaron su ataque temprano. Un ejército de mercenarios, hombres y bestias se encuentra atacando la parte sur del reino. Te necesitamos para repeler el ataque —dijo Efano y de inmediato se dio media vuelta para que Ova montara en su lomo.

—¡Rápido, Nuyan!, ¡alerta esto al centro del reino! — reaccionó Ova, subió de un solo salto hasta el lomo de Efano y emprendió el vuelo hacia la batalla.
—Rápido, Gorka — Nuyan le dijo al dragón—. Ha llegado el momento de probar que podemos ayudar en combate. Vamos a la batalla a apoyar a mi hermano y a los terratenientes —y montó en su espalda.

—Espera, esas no fueron las órdenes que dio tu hermano —advirtió Gorka sin moverse.
—Lo sé, pero en lo que vamos al centro a alertar sobre el ataque, perderemos mucho tiempo. ¡Vamos!, ¡Gorka!, ¿qué pasa? Por favor, apóyame en esto, es necesario que ayudemos en la batalla
—dijo Nuyan al dragón en tono suplicante.

—Lo sé, Nuyan, pero todavía no sabes controlar muy bien el vuelo en combate y te vas a arriesgar — respondió Gorka completamente inmóvil.
—¿Qué no entiendes?, el enemigo se adelantó, van a necesitar toda la ayuda posible para poder combatirlo. –Nuyan le suplicó a Gorka que emprendan el vuelo para la batalla.

El vínculo especial que había entre Nuyan y Gorka era muy fuerte, y por eso, al sentir Gorka la la desesperación de Nuyan, decidió ignorar las palabras de Ova y obedecer las órdenes de su jinete:
—Sujétate muy bien, esto ya no es más un entrenamiento. –

Gorka y Nuyan emprendieron el vuelo hacia el sur del reino, don- de
se llevaba a cabo la gran batalla.

96

***

Habían transcurrido diez y nueve días desde aquel ataque, las
tropas del Ejército del Norte se encontraban descansando en un
campamento cercano a la Laguna Blanca. El ejército no había
emprendido ningún ataque en la zona de la Laguna Blanca; sólo se
encontraba descansando ypreparándose para cuando dieran la señal
de inicio de la batalla.

Eneol sintió inquietud al respecto. Sabía que un ejército no
podía quedarse tanto tiempo en la misma posición porque se
volvería blanco fácil para un ataque de sus enemigos.

Buscó a los demás coroneles para discutir con ellos el
punto, pero los coroneles lo evadieron y le dijeron que no se
preocupara, que diariamente se enviaban patrullajes de
reconocimiento para ver las posiciones en el campo de batalla y
estudiar al enemigo. Eneol no estaba convencido de esto, así que
pidió hablar esa misma tarde con Rienque. En un principio, le
negaron la audiencia y le dijeron que debía esperar a que el general
solicitara su presencia. Esto molesto mucho a Eneol, así que
decidió reunir a sus tenientes y pedirles que enviaran a uno de sus
hombres de confianza a los patrullajes para investigar qué estaba
ocurriendo.

Mientras el sol se ocultaba, Eneol se digirió a la tienda de
Rienque. De inmediato, los guardias le bloquearon la entrada.

—Coronel, no puede pasar, tenemos órdenes de que el general no debe
ser interrumpido —le dijo uno de los guardias que protegía la puerta.

C. R. V. Cerdán

Eneol estaba a punto de responderle cuando un grupo de
bestias y mercenarios llegó al campamento escoltado por hombres

a caballo. Para sorpresa de Eneol, los líderes de esas tropas comenzaron a entrar a la tienda de Rienque sin que ninguno de los guardias les impidiera el paso. El líder de los mercenarios volteó a ver a Eneol justo cuando pasó a su lado:

—Eres más pequeño de lo que imaginé, cualquiera de mis soldados podría acabar contigo —le dijo el líder de la división de los mercenarios, viéndole con una mirada de desprecio.

Eneol se quedó quieto, mirando al mercenario fijamente a los ojos. Los guardias lo dejaron pasar y taparon nuevamente la entrada. Entonces Eneol regresó al lugar donde se encontraban sus hombres. Habló con ellos.

Más tarde, cuando ya era de noche, Eneol regresó a la tienda de Rienque. Se paró justo frente al guardia que le había prohibido la entrada:

—Soldado, te pido que te retires y me dejes pasar. Sólo te lo voy a pedir una vez —ordenó Eneol al guardia.

— Coronel, lo siento mucho, pero si sigue insistiendo tendré que pedirle a las tropas que lo sometan. Así lo ordenó el general —le respondió el guardia burlándose.

Eneol dio media vuelta y dio un paso al frente. Volvió a ver al guardia a los ojos y le dijo:

—¡Te lo advertí! —al decirle esto, Eneol sonrió con una mirada.

Los soldados de la tropa de Eneol sorprendieron a los guardias por la espalda. Les taparon la boca para evitar que pidieran auxilio. Eneol entró solo a la carpa principal. Rienque se encontraba hablando con los que recientemente habían entrado en la sala. Estaba sentado en la silla principal cuando vio entrar a Eneol.

—¡Tú!, ¿qué haces aquí? —gritó Rienque y se levantó rápidamentede la silla.

De inmediato todos los presentes voltearon y vieron a Eneol en la entrada. El líder de los mercenarios blandió su arma, un hacha doble que llevaba colgada en la espalda.

—¿No te dijeron que era una reunión privada?, ¡yo mismo te sacaré de aquí! —dijo el mercenario acercándose a Eneol y sosteniendo su arma en la mano derecha.

Eneol, al verlo, buscó con su mano derecha la empuñadura de la espada, que colgaba de su cinturón.

—¡Déjalo!, debe tener un buen motivo para interrumpir nuestra reunión —gritó Rienque y le hizo una seña a Eneol para que hablara.

Eneol soltó la espada y pasó a un lado del mercenario.

—No te preocupes, pronto tendrás la oportunidad de morir en mis manos —le susurró Eneol y siguió caminando. —General, he solicitado hablar con usted todo el día y no he sido atendido. Nuestra posición peligra mucho: el enemigo conoce nuestra ubicación desde hace días, tenemos que movernos o vendrán atacarnos —dijo Eneol colocándose frente a Rienque.

—¡Tonterías, Eneol!, tú no sabes cómo estamos operando esto. Tú sólo cumple con tu deber y ten a tus tropas listas para cuando yo te lo indique —respondió Rienque despreocupado y nuevamente tomó asiento en la silla central.

—Pero, general, es necesario alejarnos de este campamento — Eneol insistió acercándose más a Rienque. —Escucha bien, muchacho, sólo te lo diré una vez —Rienque acercó la cabeza a Eneol—. Las tropas del Ejército Merbato (Ejército del Reino de los Muertos) han estado realizando ataques   sorpresa al sur del Reino Esperanza para medir al enemigo, y te comento, son inferiores a nosotros —dijo Rienque y se recargó en la silla.

Eneol quedó petrificado con la noticia. Sabía que estaban atacando a inocentes.

—Antes de que digas otra cosa, sal de mi tienda, por favor, que estamos en medio de una reunión —le ordenó Rienque.

Eneol dio media vuelta y se dirigió a la puerta, pero antes de salir volvió su cara y miró fijamente a Rienque:

—Espero que no se arrepienta de lo que ha hecho —y se dispuso a salir, pero antes de cruzar el umbral se escuchó una fuerte explosión; sintieron que la tierra se sacudía y se partía desde las entrañas.

Entonces se escuchó a lo lejos un grito: "¡Nos atacan!". Las trompetas de batalla comenzaron a sonar. Eneol corrió afuera de la carpa y logró ver a lo lejos cómo el fuego consumía las tiendas que se encontraban al inicio del campamento. Volteó y vio que a su lado derecho estaba Onruc (segundo al mando en la tropa comandada por Eneol).

—¡Onruc!, ¡de prisa!, ¡alerta a todos los hombres de la tropa que se alisten y que vayan a sus caballos! Tenemos que repeler este ataque de alguna manera —dijo Eneol señalando el fuego que consumía el campamento.

—Sí, coronel, enseguida —dijo Onruc y salió corriendo con dirección a las caballerizas, donde se encontraba la tropa de Eneol.

Por su parte, el coronel tomó camino a toda velocidad rumbo al centro del campamento.

100

***

El ataque sorpresa que planeó Ova había comenzado. Bolas de fuego se dirigían al campamento. Ova se había colocado al frente del campamento, con terratenientes en el centro que prendían fuego a enormes bolas hechas de ramas y hojas secas y las lanzaban al campamento de los hombres. Al momento de chocar contra las tiendas, las bolas se rompían y de ellas salían flamas que se dirigían hacia todos lados y expandían el ataque.

Es difícil calcular el número de bolas de fuego arrojadas: una sucedía a la otra al instante, el cielo estaba completamente cubierto de fue go; eran tantas que formaron un cinturón de ataque.

—¡Bien hecho Ova, muy buena estrategia! —dijo Efano felicitando a Ova, quien se encontraba sobre su espalda, atrás de sus tropas.

—Gracias, pero apenas comienza la verdadera batalla —Ova respondió sin perder un solo instante lo que ocurría. Al mismo tiempo continuaba dando instrucciones sobre el ataque.

Los hombres huían hacia la parte trasera del campamento. Algunos llevaban agua para apagar el incendio. Todos lucían asustados y desprotegidos ante el ataque sorpresa. Después de ver que el incendio estaba acaban- Cda.Vcordah enemigo, las tropas de los terratenientes comenzaron a avanzar.

Cuando al fin se encontraron a una distancia considerable

para el ataque, comenzaron a disparar las flechas con los arcos. Aunque los disparos no eran muy certeros, la cantidad de flechas era tal que el cielo se cubrió de ellas y derribaron a muchos hombres. Un tercio del campamento se encontraba destruido. De pronto, un grupo de cien dragones verdes se acercó a los flancos de la tropa de terratenientes.

101

—Efano, es momento de que los dragones verdes tomen venganza —dijo Ova dando la indicación de inicio de un nuevo ataque.

Efano dio un rugido tan fuerte que pudo escucharse hasta el otro lado del campamento de los hombres. Entonces los dragones ver- des comenzaron a brincar y se enterraron en el suelo. Por el peso de todos ellos, la frecuencia de los saltos y luego la fractura de la tierra, esta comenzó a temblar. Pero el movimiento duró poco y terminó de improviso.

Entonces, Ova dio la señal de que los arqueros dejaran de disparar. Por unos instantes, hubo tranquilidad en el campo de batalla. Los hombres, desconcertados, se reunieron en grupo a preguntarse por qué detuvieron el ataque.

—Ha llegado el momento, Ova, ¡sujétate! —dijo Efano y emprendió el vuelo sobre el campo de batalla.

Los ojos de Efano se tornaron completamente verdes mientras sobrevolaba el campamento de los hombres a gran altura. Un fuerte rugi- do volvió a escucharse desde el cielo. Los hombres buscaron con la mirada de dónde provenía, pero fueron sorprendidos por una fuerte explosión proveniente del suelo que los lanzó por los aires muy lejos de donde estaban. Los dragones verdes emergieron del suelo y empezaron a destruir el centro del campamento y a atacar a los hombres que se encontraban en él. No había manera de que los hombres se salvaran después de tan terrible ataque.

***

El campamento se encontraba al borde de la destrucción. Una parte del ejército había muerto en los ataques del enemigo y muchos sol- dados se encontraban heridos. Los hombres estaban desorientados, no sabían qué ocurría ni había algún alto mando que los reagrupara. Eneol se encontraba en el centro del campamento tratando de sacar al mayor número posible de hombres y reagruparlos. Por el sorpresivo ataque, los soldados no sabían si huir, atacar o esconderse; el descontrol de la tropa era total. Eneol corrió junto con algunos hombres hacia las caballerizas, que se encontraban a un costado, en la parte trasera del campamento. Ahí encontró a Onruc, que se encontraba ocupado en juntar a la mayor parte de hombres que podía.

—Onruc, ¿cuántos soldados has podido reunir? —le preguntó Eneol al momento de verlo.

—Coronel, tenemos listos trescientos a caballo. Por el ataque, los animales también han huido; apenas pudimos salvar unos cuantos —respondió Onruc señalando el lugar por donde los caballos habían huido espantados, pues, aunque eran parte de la caballería, su instinto de supervivencia hizo que huyeran.

—Conmigo viene un grupo de ciento veinte hombres con los que logré salir del centro de la batalla, pero todavía hay tropas atrapadas entre el fuego y los ataques de los dragones. Necesito que vayas por las tropas que manejan las armas de largo alcance y las traigas al centro armadas con arcos y flechas —ordenó Eneol a Onruc.

Eneol reunió a todos los soldados que se encontraban en el lugar, en total seiscientos miembros de tropas contando a los que andaban atur didos por ahí. Los ataques del enemigo seguían una y otra vez, destruyen- do el campamento y dando muerte a los hombres que no podían escapar o trataban de confrontarles.

—¡Soldados!, necesito que se haga una formación: 100 soldados serán arqueros y se irán junto con Onruc al centro de la batalla; los seguirán otros doscientos, que se quedarán en la retaguardia para embestir al enemigo en combate frente a frente. El resto formará parte de la caballería, y en ella se harán dos frentes, uno por el lado izquierdo y otro por el derecho; así rodearemos al enemigo con una formación en círculo —indicó Eneol y por último encomendó a Onruc comandar las tropas al centro.

La tropa se movilizó de inmediato siguiendo las indicaciones de Eneol. En ese momento, se escuchó que la campana ubicada a un costado de la tienda de Rienque señalaba la retirada de las tropas del Ejército del Norte. Al escucharla, Eneol gritó a la tropa:

—¡Soldados!, ¡nadie se retira de esta batalla!, ¡vamos!, sigan mis indicaciones y yo los guiaré a la victoria.

Por la fama que tenía dentro del ejército y la euforia con la que hablaba, la tropa ignoró el sonar de la campana y se concentró en la voz de su líder. Eneol tomó a nueve jinetes y se dirigió hacia la campana indicándoles a los demás soldados de permanecer en la línea para contraatacar. Al llegar se percató de que sólo había un soldado tocándola, muy asustado.

—¡Soldado!, ¡deja esa campana!—le gritó Eneol, pero el soldado lo ignoró y continuó tocando.

Entonces Eneol desmontó de un ágil salto y golpeó al

hombre en la cara con el puño derecho con tanta fuerza que este se desplomó desmayado. Había hombres a su alrededor a punto de huir a pie.

—¡Deténganse!, la batalla acaba de comenzar —les gritó Eneol.

104

Los hombres se detuvieron y uno de ellos, completamente pálido y muy asustado, se acercó a Eneol.

—Coronel, la batalla está perdida. El mismo general abandonó el campamento junto con los demás coroneles y el resto de los ejércitos de la alianza — le anunció el soldado desesperado.

—¡Cobarde! —lo reprendió Eneol—. ¡Vamos!, hay hombres muriendo en el centro de la batalla; si perdemos esta posición, lo siguiente será perder la fortaleza y después el reino completo, y eso no lo voy a permitir —dijo Eneol a los soldados que estaban a punto de huir— Sólo les pido que confíen en mí. Tomen esos cuernos de guerra que se encuentran junto a la campana y no dejen de tocar. —Eneol dio la indicación señalando los cuernos y tambores de guerra.

Los soldados tomaron los cuernos y soplaron hasta perder el aliento. Los tambores eran golpeados una y otra vez sin parar, Eneol diomedia vuelta con sus tropas y les pidió que lo alcanzaran en el centro de la batalla. El coronel no perdió más tiempo, dio un fuerte grito: —¡A LA CAR GA! —y salió galopando junto con los 9 miembros de su tropa, que al lle- gar donde había dejado a los demás jinetes se le unieron en la embestida.

C. R. V. Cerdán
***

Ova continuaba volando sobre el campamento con Efano

cuando vio que los hombres comenzaban a movilizarse, provenientes del fondo del campamento, siguiendo un orden militar. Los dragones terminaban de salir de la tierra y continuaban atacando a los hombres con su gran fuerza.

—Efano, los hombres han comenzado a movilizarse. Es momento de que los dragones retrocedan —dijo Ova a Efano.

—¡Pero los tenemos donde los queríamos, Ova!, ¡no subestimes el poder de los dragones verdes! —le respondió Efano.

—Sabes que jamás lo haría, pero tú tampoco subestimes el poder de los hombres. Se comienza a ver orden en sus filas. Además, observa se han llevado un par de armas de largo alcance que son letales para los dragones. ¡Vamos a donde se encuentran los ar- queros! —le dijo Ova a Efano.

Al llegar donde se encontraban los arqueros, Ova desmontó con un solo movimiento a Efano y se acercó a los arqueros.

—¡Amigos!, ¡es momento de ayudar a los dragones verdes! Tomen sus armas y estén listos para atacar al enemigo —ordenó Ova a los arqueros, quienes se encontraban en la entrada del campamento y que en total sumaban unos cuatrocientos terratenientes. Los soldados dejando a un lado los arcos, tomaron sus armas de embestida y se encaminaron al centro de la batalla.

Ova corrió hacia el centro de la batalla, seguido por sus soldados. De inmediato, atacaron a los hombres que trataban de repeler el ataque de los dragones verdes. Una nube de flechas comenzó a descender sobre los dragones. La certeza de los ataques de los hombres con esas armas era mortal. Al sentir el peligro, Ova reagrupó a sus tropas y los formó para atacar el centro, donde se encontraban los arqueros.

Efano dio indicaciones a los dragones verdes para que fueran a apoyar las posiciones laterales. Justo cuando se acercaban al centro, los arqueros se acomodaron en filas, abriendo camino a los soldados de a pie que iban a embestirlos. Con esto Ova se llevó una gran sorpresa; ya no podría detener el ataque, así que decidió continuar. Ambos ejércitos se embistieron.

106

El choque de fuerzas fue brutal y arrasó con la vida de un gran nú- mero de tropas de ambos bandos. Para sorpresa del Ejército Femarade, los arqueros del Ejército del Norte dejaron sus armas de alcance y corrieron al centro de la batalla. Por su parte, los dragones verdes lograban detener a un gran número de soldados.

El resonar de guerra provino de ambos lados de la batalla, un ruido ensordecedor que provenía de la caballería de los hombres, que se acercaba por ambos lados del campo.

***

Eneol indicó a los jinetes de que cerraran el círculo de ataque. Cabalgando a gran velocidad, los jinetes cerraron el camino del enemigo formando un círculo. Cuando Eneol se cruzó con el otro grupo que venía cabalgando, dio la indicación de atacar. Aunque eran pocos los jinetes, por el movimiento parecía que una gran ola iba a aplastar al enemigo.

El ataque de los jinetes fue directamente hacia los dragones ver des, que eran quienes marcaban la diferencia en batalla. Eneol cabalgó hacia al centro acompañado de los nueve hombres y comenzó a dar muerte a los dragones verdes; tenía grandes habilidades en el combate. Eneol vio al líder de las tropas enemigas a lo lejos y se dirigió directo a él a gran velocidad. Sabía que, si lograba derrotarlo, la batalla llegaría a su fin. Justo cuando se acercaba a él, un enorme dragón verde se interpuso en su camino; Eneol lo enfrentó: saltando del caballo y haciendo un movimiento rápido con la espada, logró herirlo en los ojos. Su tropa, que venía justo detrás de él, se encargó del resto. Eneol llegó frente al líder enemigo.

—¿Listo para ser derrotado? —le preguntó Eneol al misterioso guerrero.

—Tú serás quien muera —respondió el terrateniente, y alzó su arma directo hacia el cuerpo de Eneol.

107

El combate entre ambos guerreros fue extraordinario. La habilidad de ambos en el manejo de la espada era sorprendente. El combate con un guerrero valiente y audaz emocionó a Eneol. Entonces, una flecha salió de la oscuridad y se enterró en una de las piernas del terrateniente, quien se hincó a consecuencia del impacto; luego tomó la flecha con la mano derecha y la sacó de un solo tirón. Eneol intentó acercarse al terra- teniente, pero otro le brincó en la espalda para evitar que se acercara al herido.

***

Efano, que se encontraba sobrevolando, vio que Ova estaba herido y que en la batalla empezaban a invertirse los papeles: los hombres comenzaban a ganar terreno. Bajó a gran velocidad y se impactó en el suelo, justo a los pies de Ova. Un gran estruendo se escuchó y la tierra tembló. Los demás dragones verdes lo siguieron: era la señal de que había que abandonar la batalla. Los soldados del Ejército del Norte retrocedieron al ver los impactos en la tierra, temerosos de no saber si los dragones volverían a salir. Bastaron apenas unos instantes para que el Ejercitó Femarade abandonara el campo de batalla; ¡todo había ocurrido tan rápido!, ¡como si la tierra misma los hubiera absorbido!

Los hombres, aturdidos, se reagruparon en la última sección

del campamento. En una explanada cerca de la Laguna Blanca la tierra comenzó a vibrar y una fuerte explosión brotó del suelo: eran los dragones verdes junto con las tropas del Ejército Femarade. Efano bajó a Ova, que se encontraba herido a consecuencia de la batalla.

—Ova, ¿te encuentras bien? —Ova había sufrido dos heridas de gravedad, una en la pierna derecha y otra en el costado izquierdo a causa de la espada de algún enemigo.

108

—¡No es nada grave!, gracias a ti no pasó algo peor. Muchas gracias, compañero —Ova intentó tranquilizar a su amigo, pero los gestos de dolor de su cara bastaban para entender lo que en realidad pasaba.

Los soldados del Ejército Femarade, satisfechos con el logro obtenido, comentaban que la batalla contra los hombres había sido mortal y que habían logrado reducir en gran número las tropas enemigas.

—Por favor, que atiendan a los heridos en batalla —pidió Ova a un soldado terrateniente y luego se acercó a Efano—. Ven, amigo, ¡acompáñame! —dijo Ova al dragón al tiempo que le indicaba que se alejaran del resto del ejército. —Amigo, las tropas del Ejér- cito del Norte son muy fuertes. Pese a todos nuestros esfuerzos no pudimos hacer gran cosa.

—¡No te desanimes!, ¡Ellos se dieron cuenta del poder que tenemos! —le respondió Efano para animarlo.

—No trates de engañarme. Ambos sabemos que de no ser por tu intervención no estaríamos juntos en estos momentos. El enemigo comenzaba a reagruparse y a volverse altamente mortal.

Efano asintió con la cabeza, en señal de que estaba de

acuerdo con él.

—No sé si podamos soportar otro ataque —dijo Ova mientras miraba

hacia el horizonte enrojecido por el sol que comenzaba a asomarse.

—¡Ánimo Ova!, el poder de los dragones verdes es muy grande; además, recuerda que no todos los terratenientes pelearon —le dijo Efano colocando su garra sobre su hombro izquierdo.

109

—Lo sé, amigo, pero no puedo olvidar la valentía y la fuerza con la que peleó aquel hombre, el líder de la caballería. Cuando estaba por enfrentarme a él sentí angustia por la batalla; aunque era pequeño, sentí el temor de quien se enfrenta a un gigante —Ova abrió más los ojos al decir estas palabras.

—Era sólo un hombre. Recuerda que son seres inferiores a ti. ¡Vamos de regreso con los soldados para que los animes no pierdan la fe en ti y en el reino! ¡Vamos!, ¡que tienes todavía un ejército que liderar! —Al momento de decir estas palabras, Efano volteó hacia Ova y con una de sus garras, lo hizo mirarlo a los ojos. Los soldados del ejército descansaron en ese territorio hasta que el sol marcó el mediodía en el cenit.

***

Ya era mediodía y los soldados todavía no terminaban de reparar los daños sufridos por el ataque sorpresa. El campamento se encontraba completamente destrozado. Eneol se encontraba ayudando, junto con los demás, y coordinando la limpieza del campamento. En ese momento, llegó Onruc cabalgando:

C. R.V. Cerdán

—¡Coronel, coronel, coronel! —comenzó a hablar antes de detenerse.

—¿Qué es lo que pasa? —se detuvo Eneol y se acercó a él.

—Tengo que hablar contigo sobre el ataque de ayer.

Onruc bajó del caballo y ambos caminaron hacia un lugar solitario, donde nadie pudiera escucharlos.

—Vamos, dime qué pasó —preguntó Eneol en voz baja. —Coronel, sé por qué las tropas enemigas atacaron ayer por sorpresa. El Ejército Merbato, que venía en apoyo, atacó las villas cercanas a la Laguna Blanca, al sur del Reino Esperanza; no dejaron sobrevivientes: fue una espantosa masacre —Onruc dijo estas palabras mostrando un rostro aturdido y molesto.

110

—Lo sé, gracias por venir a reafirmarme lo que temía. Es nece- sario que se levante el campamento y nos dirijamos a la Laguna Blanca —respondió Eneol.

—¡Pero no tenemos las tropas suficientes!, ¡tenemos que regresar a la gran fortaleza para reagruparnos y entonces sí regresar! —res- pondió Onruc alarmado.

—¡Jamás! ¡Nuestra misión es obtener ese territorio y no descansa- remos hasta lograrlo! —dijo Eneol en tono firme.

—Eneol, sé que nunca has abandonado una misión, pero en ver- dad, creo que esta vez no podremos ganar —le insistió Onruc con mirada de preocupación.

—¿Tú confías en mí? ¿Alguna vez te he defraudado? — preguntó Eneol mirando fijamente los ojos de Onruc.

—No, Eneol, no es eso; sólo que no veo posibilidad alguna de que podamos lograrlo —Onruc al decir esto bajó la cabeza.

En ese momento Eneol tomó sus manos. —Onruc, nunca debes perder la fe en mí ni en el Ejército del Norte. Cuando se hace algo con el corazón, no importa el resultado, lo que importa es hacerlo. Ahora, junta la tropa, que tengo que informarles que en dos noches tomaremos la Laguna Blanca —dijo Eneol, dio media vuelta y se fue a continuar con los trabajos de limpieza del campamento.

Juntaron a todos los sobrevivientes del campamento; posteriormente, Eneol les dirigió unas palabras de ánimo y esa misma tarde se levantó el campamento. Las tropas se dirigieron a la Laguna Blanca. Los heridos, escoltados por una pequeña guardia, marcharon con dirección a la gran fortaleza, y lo que quedaba del ejército se movilizó hacia el objetivo.

111

Los cuerpos de las víctimas del Ejército Femarade fueron colocados junto a los de las tropas del Ejército del Norte, y se les prendió fuego en una gran pira, a modo de homenaje para los caídos. Una enorme cortina de humo se extendió a todo lo largo del lugar donde antes estuvo el campamento.

C. R. V. Cerdán

Honor

a gran batalla final se llevaba a cabo a orillas de la Laguna Blanca. El Ejército Femarade había enviado todas sus tropas para repeler el ataque del enemigo. Las filas enemigas integradas por el Ejército del Norte era apoyado por un pequeño contingente del Ejército Merbato que fueron encontrados a mitad de camino en dirección a la Laguna Blanca.

La batalla era tremenda. Entre las tropas del Ejército Femarade se notaba una entrega total; en el Ejército del Norte, un coraje sobresaliente.

—¡Vamos, soldados!, es momento de atacar —dijo Eneol dirigiéndose con su caballo al centro del campo de batalla.

C. R. V. Cerdán
Dio indicaciones a los arqueros de que no dejaran de disparar a los costados, para cerrar el camino al enemigo y disponer un ataque frontal y directo.

Ova, ya con heridas de la batalla de días anteriores, continuaba peleando con coraje, pero su fuerza ya no era suficiente. Mientras volaba en su dragón, logró ver al líder del enemigo, quien a su paso a caballo acababa tanto con terratenientes como con dragones verdes. Iba seguido de un contingente de feroces y terribles jinetes, que se volvían una extensión de sus ataques.

—¡Vamos, Efano!, enfrentemos a ese jinete, es momento de ter- minar con esto —Ova, después de ver el paso de Eneol, le da la indicación a Efano de enfrentarlo.

113

Efano voló directamente contra Eneol y su caballo. Eneol, al ver cómo iba a ser embestido por el dragón, aceleró el trote de su caballo, tomó su espada, la bajó a la altura de la cintura y saltó sobre Ova y Efano. Trepó por la montura del dragón y sujetó a Ova de la cintura. Ambos guerreros cayeron. Ova desenfundó la espada que tenía atada a la espalda. Eneol hizo lo mismo y lanzó el primer movimiento de ataque. La habilidad en batalla de ambos era excepcional; sólo se oía el chocar de las armas con gran fuerza. En un instante, Ova golpeó la armadura de Eneol, a la altura del pecho, y lo tiró al suelo.

—Hombre, eres un gran guerrero con una fuerza muy grande,
¿por qué peleas por el mal? —preguntó Ova mientras esperaba que Eneol se levantara. Este, con una furia tremenda, se puso nuevamente en pie y atacó a Ova con mucha mayor velocidad de la que había utilizado en un principio. Para Ova era muy difícil parar los ataques y cayó al suelo.

—¿Del mal?, yo lucho por la justicia y por honor a mi reino. Anda,
¡levántate!, que esto no ha terminado —dijo Eneol y bajó la guardia para permitir que Ova se levantara.

Continuaron luchando a gran velocidad. La habilidad de

Eneol era excepcional y Ova sentía que no podría derrotarlo. Además, la herida que tenía en el costado izquierdo comenzó a molestarle mucho. Sus refle-jos disminuyeron, al igual que su atención. Bajó la guardia en un descuidoy Eneol, que pudo notarlo, no desaprovechó la oportunidad y le clavó la espada en el pecho. Luego la sacó rápidamente y la levantó para rematar asu enemigo, pero se detuvo con un movimiento seco, imprevisto, guiado por un extraño presentimiento.

114

Entonces se escuchó un fuerte rugido. Efano voló en picada y atrapó a Ova con las patas traseras.

—¡Se escapan!, ¡disparen! —gritó uno de los arqueros señalando con una mano al dragón. Comenzó una lluvia de flechas que llenó el cielo por donde volaba Efano y lo obligó a descender a toda velocidad envuelto en sus propias alas, para proteger a Ova. Los impactos fueron directos y letales. Decenas de flechas y lanzas impactaron al dragón en el cuerpo.
—¡Deténganse! —ordenó Eneol a los arqueros.
—Pero mi coronel, el enemigo escapa —le respondieron.
—No importa, déjenlos ir, el enemigo ya fue derrotado —Eneol dijo esto viendo cómo escapaban por los cielos.

En el campo de batalla se notaba que los hombres habían comenzado a ganar territorio. Poco tiempo después de que Ova se retiró, los terratenientes tocaron la retirada. Los soldados del Ejército del Norte se reagruparon y tocaron los cuernos de batalla en señal de victoria. Eneol quedó sorprendido por lo que había ocurrido y se preguntó si lo que es- taba haciendo era lo correcto.

***

Efano voló hasta el campamento donde se encontraba Nuyan.

—Nuyan, ¡mira!, viene Efano de regreso con Ova y ambos están heridos —dijo Gorka mirando hacia el cielo.

115

C. R.V. Cerdán

Efano descendió sin control, sin poder frenar en el aterrizaje, y se estrelló contra el suelo. Sus alas y su montura estaban cubiertas con sangre por la lluvia de flechas que había recibido en la batalla. Intentó erguirse, pero la fatiga y el dolor se lo impidieron. Ova se levantó con mucho esfuerzo, con la mano derecha ejerciendo presión sobre el pecho, cubriendo la herida por la que asomaba la sangre que se regaba hasta los pies del guerrero. Nuyan lo abrazó por un costado para sostenerlo.

—Nuyan, Nuyan, escúchame bien, mi tiempo ha terminado, sólo quiero pedirte una cosa —susurró Ova al oído de Nuyan, quien, conmovido, empezaba ya a derramar lágrimas.
—Ten mucho cuidado con el guerrero Eneol. No es un hombre común y corriente. Búscalo y ve la forma de... —En el último aliento de Ova su voz se apagó en una aspiración corta y violenta. Esas fueron sus últi- más palabras. Nuyan, desesperado, sintió que la ira y el odio lo invadían y llenaban su corazón con un único deseo, vengarse del guerrero Eneol. Colocó a Ova junto al cuerpo sin vida de Efano, que se encontraba a un lado de ellos. Nuyan tomó dos respiracio- nes profundas; alzó la cabeza hacia el cielo y gritó:

—¡No!, ¡maldito! ¡Gorka!, ¡vamos al campo de batalla! —y saltó sobre el dragón.

Volaron ocultándose entre el follaje de los árboles, para no ser vistos. Se quedaron en una esquina, desde donde podían ver el campo de batalla de la Laguna Blanca. Nuyan encontró un escenario desolado que jamás olvidaría: cuerpos inertes de soldados del Ejército Esperanza disper- sos por todos lados, acompañados de un gran número de dragones verdes sin vida. Una profunda tristeza conmovió su corazón. Logró ver que un grupo de hombres se encontraba separando los cuerpos de los heridos y muertos de su especie. Un guerrero se acercó y dijo:

C. R. V. Cerdán

116

—Amigos míos, hemos librado una gran batalla y vencimos por estar unidos y no rendirnos. Nuestro enemigo es un ejemplo de valentía y coraje. Junten a los que cayeron, incluyendo a los terratenientes y a los dragones verdes, y dejen que sus compañeros se los lleven para que su pueblo les rinda honores. Dejen que los aún heridos se vayan entre los árboles —dijo Eneol, líder del Ejército del Norte a sus soldados, Nuyan y Gorka escucharon esas palabras y comentaron entre ellos.

—¡Eres grande, coronel Eneol! ¡Viva el coronel! —grito uno de los soldados del Ejército del Norte al escuchar su discurso.

—Es él, Gorka, el enemigo que estamos buscando y que mató a mi hermano —Nuyan dijo esto mientras se ocultaba entre los árboles con Gorka.

—Nuyan, no es el momento de atacar, la batalla ha terminado y tu enemigo acaba de hacer un acto noble —dijo Gorka en voz baja.

—Pero Gorka, este es el momento. Él se encuentra con la guardia baja. Tengo que hacerlo, es la única forma de vengar la muerte de Ova —dijo Nuyan preparándose para salir de entre los árboles y enfrentar a Eneol.

De inmediato, Gorka le impidió el paso con su cola, para que no avanzara más. —¡Enemigo a la vista! —gritó uno de los soldados al verlos. Un grupo de guerreros corrió hacia ellos para enfrentarlos.

Gorka tomó a Nuyan con su cola y emprendió el vuelo. —¿Qué haces?, ¡déjame!, tengo que vengar la muerte de mi hermano —exclamó Nuyan intentando zafarse.

C. R. V. Cerdán

—Siento mucho lo de Ova, pero este no es el momento —respondió Gorka y elevó más el vuelo para ponerse fuera del alcance de algún enemigo.

Eneol corrió y se acercó a los árboles, justo a tiempo para ver los ojos de Nuyan, que ya volaba sobre la espalda de su dragón. — ¡Alto al fuego!, ¡no disparen!, ¡dejen que se vayan!, hemos tenido suficientes muertes el día de hoy —gritó Eneol a los arqueros de su ejército, que ya se disponían a atacar a Gorka y Nuyan. Eneol entregó el territorio de la Laguna Blanca a los mercenarios y las bestias, tal como habían sido sus órdenes, y dejó el campo de batalla rumbo a la gran fortaleza.

Gorka detuvo el vuelo cuando se encontraban sobre territorioseguro. Sólo entonces liberó a Nuyan.

—¿Por qué no me dejaste acabar con él?, ¿no viste lo que hicieron?, ¡mataron a mi hermano y a los dragones verdes, que son tus hermanos! —reclamó Nuyan con gritos y gestos de ira y frustración.

—Sí, lo sé, pero no era el momento. Lo único que hubieras conseguido era morir, y mi misión es protegerte siempre. Nuyan, es momento de que comience tu verdadero entrenamiento —respondió Gorka tratando de calmar a Nuyan.

—¿Mi entrenamiento?, ¿pero de qué hablas?, este no es el momen- to de pensar en eso —respondió Nuyan desconcertado.

—Si quieres vengar a tu hermano algún día, tienes que aprender mucho todavía. La batalla que se libró fue muy difícil y todavía no estás listo para vencer en un encuentro así —explicaba Gorka a Nuyan, y como un gesto amoroso y comprensivo se acercó a él y le puso la garra derecha sobre el hombro izquierdo.

—Gorka, comenzaré a entrenar ahora mismo, pero sólo si me prometes que me ayudarás a terminar con la vida de Eneol — contestó Nuyan mirando fijamente a los ojos de Gorka y con los suyos anegados de coraje y odio.

—Sólo te puedo prometer que te voy a llevar a que entrenes con los dragones verdes, en las cavernas, donde te volverás tan fuer- te que no tendrás oponente capaz de enfrentarte — dijo Gorka y se alistó para que lo montara su jinete.

—¡Entonces vamos!, y gracias por todo tu apoyo. Discúlpame por no confiar en tus decisiones. — Emprendieron el vuelo entre los árboles. A los pocos metros Gorka dirigió su cuerpo en picada contra el suelo. Un zumbido atronador estremeció la tierra y una gran nube de polvo cubrió el rastro de entrada. Minutos después, el polvo se asentó y apareció un gran hoyo, tan profundo que parecía no tener fin.

C. R. V. Cerdán

C. R. V. Cerdán

Herencia

ace mucho tiempo, cuando en el Mundo Azul los reinos se encontraban en su primera etapa de desarrollo, nacieron dos dragones gemelos que misteriosamente aparecieron en el territorio que hoy es Draguna, capital del Reino Dragón. Sus nombres eran Dyaron y Noryad. Eran diferentes a los demás. Eran blancos con destellos amarillos en las alas. Crearon juntos el Reino Dragón y su capital Draguna con la intención de que fuera la capital de la paz en todo el mundo.

Con el tiempo, Noryad quiso controlar el mundo y aplastar a los más débiles para imponer una dictadura. Las alas de Noryad comenzaron a cambiar de color, los destellos amarillos se volvieron negros y el brillo se opacó por completo. Los pensamientos negativos y la maldad que producía generaron esto. Dyaron lo detuvo impidiendo su cometido y lo envió al exilio, pero Noryad juró vengarse.

Durante una tormenta, Dyaron rescató a Carleone. Era un niño pequeño que lo había olvidado todo, de dónde provenía y hasta quiénes eran sus padres.

Dyaron le tendió la mano, lo adoptó como hijo propio y le ense- ñó todos los secretos de los dragones y de la magia. Carleone, para demos- trarle su agradecimiento, se volvió su protector personal y protector del Reino Dragón. Entonces ideó alianzas con los demás reinos, siempre en la búsqueda de la paz.

Una mañana, cuando el sol brillaba en el cielo y Carleone se en- contraba en un extremo de la ciudad enseñando a sus alumnos, uno de sus discípulos llegó corriendo ante él y lo alertó sobre el regreso de Noryad, quien se acercaba al reino acompañado del Ejército Koante.

—Carleone, ¡es terrible!, Noryad ha regresado y no viene solo. Viene apoyado por el Ejército Koante. Son muchos los enemigos, tenemos que hacer algo. —aquel joven guardia le reportaba los problemas a Carleone.
—Tranquilo, no te preocupes, más de una vez hemos podido contra ellos. Toca la alerta, que toda la ciudad se prepare para un ataque inmediato. Magnus y Ullen, ayuden alistando a las tropas
—dijo Carleone y voló a gran velocidad con dirección al Palacio Gronda, donde se encontraba Dyaron. Carleone sabía que a pesar de los enfrentamientos en el pasado, una corazonada le venía de que en esta ocasión sería definitivo.

El Ejército Koante estaba compuesto por ardegales, voulcanos, bestias, mercenarios, magos, hechiceros, ángeles y dragones. Eran seres que habían sido expulsados de sus reinos por contravenir las reglas. Eran guerreros con una fuerza descomunal y mucha habilidad en batalla. Se decía que un soldado de ese ejército equivalía a diez de cualquier otro.

Llegando al palacio, Carleone se dirigió a la cámara principal, donde Dyaron meditaba. —Mi señor, perdón por entrar así, pero es preciso quesalga del palacio y se dirija a Ghrahes. Han visto a Noryad y al Ejército Koante en Gronda. No faltará mucho para que lleguen aquí.

—¿Ya preparaste la defensa? —preguntó Dyaron continuando con la misma postura.

—Sí mi señor, está lista, pero no podemos exponerlo a usted. Tiene que salir de inmediato de la ciudad —le advirtió Carleone muy preocupado.

—Jamás abandonaré a mis compañeros y amigos, pelearé a su lado —afirmó Dyaron, abriendo los ojos y viendo a Carleone a los ojos.

—Sé lo que siente, pero si usted pelea, perderá la vida y el Mundo Azul caerá en manos de Noryad. ¡No puedo permitirlo! —Carleo- ne le dijo esto a Dyaron viéndole de frente a los ojos.

—¿Por qué dices que he de morir al enfrentarme a él? — preguntó Dyaron.

—Porque no podrá verlo como un enemigo, aún existe el víncu- lo de hermandad que los une. Eso es más grande que cualquier cosa. No podría terminar con su vida. En cambio, él viene directo por la suya —explicó Carleone.

—Aunque muera, no me iré, este es mi lugar —respondió Dyaron mientras cambiaba la postura por completo y se ponía en pie.

—Entonces vamos, amigo mío, tú sabes que tu vida no termina aquí. Yo me ocuparé de Noryad. Es para este momento para el que me has entrenado todos estos años —dijo Carleone mientras agarraba las manos de Dyaron y lo veía a los ojos.

De repente, Dyaron sintió una gran pesadez en los ojos y un mareo, y Carleone le dijo al oído: "hasta siempre".

Dyaron cayó desmayado por el hechizo de Carleone.

—¡Guardias! —llamó Carleone.

Entonces se acercó la guardia principal del rey dragón, compuesta por dragones grises y magos. Carleone les pidió que llevaran a Dyaron a Ghrahes, para su protección, y que siempre se mantuvieran cerca de él, y que en ningún momento se fueran de Ghrahes.

— Amigos míos, sobre todas las cosas, Dyaron es el único que puede mantener la paz en este mundo. Están encargados de que así sea. Llévenlo por buen camino. —Así despidió Carleone a la guardia del rey dragón.

Ni siquiera Noryad, con el Ejército Koante, se atrevería a enfrentar a los dragones grises que habitaban en Ghrahes, conocidos como los más poderosos. Carleone se quedó en el palacio coordinando la defensiva. En ese momento llegó Ullen:

—Maestro, las defensas están listas para la batalla. – Ullen le dio las noticias a Carleone. —Muy bien, todos a sus puestos. Por ningún motivo se debe mencionar que Dyaron salió de este palacio —advirtió Carleone a Ullen.
—Ya se le dio aviso al Ejército de los Cielos y al Ejército Xgon, pero contaremos con el apoyo hasta en futuros días, no pueden llegar antes —informó Ullen. —Mañana todo esto habrá terminado —respondió Carleone.

Entonces apareció Magnus con todos los estudiantes de Carleone:

—Maestro, he logrado reunir más elementos para la batalla. Son fuertes
guerreros y están dispuestos a defender el reino. —
—Son aprendices nada más, no puedo arriesgar sus vidas así —
respondió Carleone.
—Maestro, estamos dispuestos a dar la vida junto a usted —
espondieron al unísono los nueve discípulos, incluidos Magnus y Ullen. *C. R.V. Cerdán*

Se escuchó un trueno y vibraron los cimientos. Nubes de tormenta cubrieron el cielo justo encima del palacio.

—¡Nos atacan! —gritó uno de los guardias.
—¡Vamos!, ¡mis valientes!, es momento de defender el reino, la batalla ha comenzado —gritó Carleone, dando la indicación de que se movieran a los diferentes lugares donde estaban ocurriendo los enfrentamientos.
—Ullen y Magnus, ¡vengan conmigo! —ordenó Carleone.

Los tres se dirigieron a la cámara principal del palacio. Ullen, el último, cerró la puerta.

—Vamos, maestro, dinos qué pasa, necesitamos apoyar a nuestros amigos en batalla —dijo Magnus.
—Magnus, ¡siempre tan impaciente! Quiero que me escuchen muy bien. Amigos, esta batalla es decisiva, después de ella mu- chas cosas cambiarán en el Mundo Azul y quiero que estén bien preparados —advirtió Carleone.
—¿A qué te refieres?, ¿qué es va a pasar? —preguntó Ullen.
—Lo más seguro es que después del día de hoy, yo ya no esté más con ustedes —respondió Carleone de espaldas, asomado a un balcón para admirar la belleza del reino.
—¿Pero por qué maestro?, no dejaremos que te pase nada y saldremos victoriosos —respondió Magnus.
—Victoriosos —respondió Carleone—, espero que así sea, por el bien de todos los seres de este mundo. He tomado la decisión de enfrentar a Noryad yo solo.
—Pero, maestro, ni tú con tu inmenso poder podrías vencerlo
—dijo Ullen.
—No es la primera vez que nos enfrentaremos a él; juntos podremos vencerlos —respondió Magnus.

—Mi decisión está tomada, su ayuda no me servirá en esta ocasión, es algo para lo que he entrenado todo este tiempo. Tienen que seguir mis indicaciones —dijo Carleone con una sonrisa en el rostro.

—Dinos, maestro, cuáles son y las acataremos —respondió Ullen.

—Esta espada —dijo Carleone mientras desenfundaba de su espalda la espada y extendía los brazos hacia Ullen—, me ha acompañado siempre. Es una gran arma y quiero que la conserves. Su poder es inmenso. Utilízala cuando sea necesario. Mantén la buena relación que tenemos con los demás reinos y protege a nuestro rey.

—Maestro, gracias por este gran honor —respondió Ullen y tomó la espada; en su cara había asombro, y en sus ojos, lágrimas.

Carleone se acercó a Magnus, que se encontraba al lado opuesto deUllen. Carleone extendió su brazo izquierdo con el cetro del dragón. —Mag-nus, eres muy poderoso y tu sabiduría se incrementa cada día. Mantén esecorazón tan puro como lo tienes. Toma mi cetro, que es la principal arma deeste reino y fue creado para proteger la paz y la libertad en el Mundo Azul. Sé que lo usarás bien; logra con él la unificación de todos los reinos y la paz entre ellos para siempre. — Carleone le da una sonrisa al hacerlo.

—Carleone —insistió Magnus al tiempo que recibía, conmovido, el cetro del dragón—, esto no es necesario; déjame ayudarte a aca- bar con Noryad. Juntos podremos detenerlo. —Magnus sostenía el cetro apuntando como si fuera el arma a usar contra Noryad.

—Sabes que no lo puedo permitir. Es momento de que partas con tus soldados, que ya te necesitan en batalla —respondió Carleone.

Luego les pidió que abandonaran la cámara y fueran a combatir. "Este es un mundo maravilloso, agradezco haber vivido en él", pensó Carleone. Volvió al balcón, se despojó de la capa azul que le cubría el pecho y la espalda y se sentó con las piernas cruzadas a meditar.

C. R. V. Cerdán

C. R.V. Cerdán

Una intensa lluvia comenzó a caer. En las nubes se adivinaban relámpagos y truenos. De repente, Carleone comenzó a elevarse y a su al- rededor se creó un círculo que cubrió todo su cuerpo de un azul brillante. Se trataba de una gran energía que comenzaba a emanar de su interior.

Noryad llegó a la entrada del palacio y con un fuerte golpe destruyó las puertas. Entró a la primera parte del palacio, donde fue alcanzado por cinco dragones grises que lo rodearon.

—¡No podrás pasar de aquí! —gritó el que se ubicó en el centro.

—¿Acaso creen que podrán detenerme? —contestó Noryad con tono de burla.

—No dejaremos que mates al rey dragón —respondió otro de los dragones.

—Aquí el único que va a ser rey soy yo, así que dejen la valentía para otro momento y apártense de mi camino —amenazó Noryad, esta vez enfurecido.

—¡Jamás! —respondieron los dragones en una sola voz—, tendrás que acabar con todos nosotros para pasar.

Noryad comenzó atacando al dragón del centro con un poder que le venía de la boca. Logró romper su defensa con el movimiento que hizo con los brazos y lo sacó volando. Giró al lado izquierdo y embistió a otros dos, a uno con su cola y al otro con sus brazos.

Los dragones no soportaron la fuerza del ataque y muy pronto quedaron fuera de combate. Los otros dos dragones lanzaron de sus bocas un inmenso poder sobre la espalda de Noryad; sólo la suma de esfuerzos logró derribarlo.

—¡Ríndete!, Noryad, o será tu muerte —dijo uno de ellos.

—¡Ingenuos!, creen que con este simple poder me van a derrotar

—gritó Noryad y se levantó rápidamente del suelo.

126

En ese momento llegaron diez dragones rojos, parte del Ejército Koante.

—Noryad, ¡déjanos terminar con estos insectos! —dijo uno de los recién llegados.

—Está bien, ya me entretuve con ellos. ¡Dejen sin vida a estos insolentes! —ordenó Noryad y se dirigió a la cámara principal.

Al mismo tiempo, rumbo a la cámara principal, Carleone sintió que se acercaba una fuerza de gran poder y pensó que el momento decisi- vo estaba muy cerca y que debía concentrarse aún más. Entonces liberó el poder que guardaba e hizo que se expandiera por el palacio; el tono azul del círculo que lo rodeaba aumentó de intensidad.

Mientras recorría el palacio a toda velocidad, Noryad pensó: "Debo de estar cerca, siento un inmenso poder que proviene de la cámara principal. Debo atacarlo de inmediato". Se acercó un poco más y justo fren- te a las puertas de la cámara sintió a su hermano del otro lado de la puerta.

—¡Ahora! —gritó Noryad y abrió la puerta con un flujo de energía que emanó de su mano derecha. El poder se dirigió directo a Carleone, que se encontraba de espaldas a la puerta, y luego se desintegró al golpear el círculo azul. Carleone dio media vuelta sin perder la posición de meditación que sostenía.

—Así es, Noryad, el poder que sentías no era el de Dyaron sino el mío —dijo Carleone.

—¡Pero eso es imposible!, ¡un simple mago como tú no puede generar tanto poder! Debe ser un truco con el que lograste asimilar los poderes de Dyaron —respondió con asombro Noryad y al mismo tiempo se preguntaba cómo había sido posible que uno de sus ataques ni siquiera hubiera podido alcanzarlo.

—¿Qué te trae al palacio?, sabes que no eres bienvenido en este reino —advirtió Carleone.

—Conoces perfectamente bien mis motivos: he venido a asumir el poder de Draguna —Noryad dijo esto mientras caminaba con paso firme dentro del salón.

—Noryad, sabes que jamás lo permitiré — dijo Carleone señalando, con el puño derecho cerrado.

—Dejemos las formalidades a un lado y dime dónde está Dyaron

—Noryad le preguntó a Carleone y aumentó su poder mientras caminaba.

—El rey, el único y auténtico rey dragón, se encuentra a salvo de ti y de cualquiera de tus secuaces —Carleone le dijo esto con un tono firme y seco.

—Comprendo, no dirás nada. Bueno, aparecerá una vez que haya terminado con su mejor discípulo. ¡Prepárate a morir! —dijo Nor- yad y empezó a crear entre las manos una bola de poder de color negro.

—Pero antes de morir, te detendré —respondió Carleone y colocó su cuerpo en una posición de codos levantados y brazos a la al- tura del pecho, con las palmas de las manos abiertas, sin tocarse.

Dentro de ese espacio se iba formando una pequeña luz azul. Nor- yad reflexionó: Carleone no tenía ninguna de sus armas y pensaba atacar sólo con poder. Nada de lo que el hombre hacía parecía tener sentido. El techo, las paredes y el piso de la habitación empezaron a vibrar y agrietarse, y muy pronto entre las ranuras comenzaron a filtrarse gotas de lluvia.

—¡Maktoooo! —gritó Noryad. Del centro de sus brazos, en continuo movimiento, salió un inmenso poder.

Entonces Carleone juntó las manos. Segundos después, desapa reció la luz que apenas se había empezado a formar. El guerrero cambiónuevamente su postura. Ahora estaba parado sobre la nada, suspendido en el aire. Echó hacia atrás su brazo derecho y lo envolvió un aura de color azul.

—¡Optiaaaax! —gritó Carleone lanzando un golpe con el brazo.

Un rayo intenso fue directo al encuentro de la bola de energía que se dirigía hacia él. Ambos poderes chocaron y el golpe se sintió como un estruendo terrible en todo el palacio. Las paredes empezaron a temblar, los cimientos se dolían, el techo se resquebrajaba. Esto apenas fue el inicio de la batalla. Noryad se lanzó directamente encima de Carleone a embestirlo. Carleone hizo lo mismo. La velocidad de ataque de ambos era impresionante, pero ni uno ni otro podían concretar sus ataques.

Los golpes eran desviados con habilidad y se estrellaban contra el techo, las paredes y el piso, que ya no soportaban tanta violencia. El techo comenzó a desmoronarse; los pedazos caían por todos lados, hasta que ensu centro se abrió un enorme hueco por el que se asomaba el cielo.

Veo que mis enseñanzas te sirvieron para poder hacerme frente.Me serías de utilidad ahora que gobierne el mundo, serías el líder supremo de mi ejército. Lo tendrías todo a tus pies. —dijo Noryad mientras estrellaba a Carleone contra una de las paredes.

—Jamás te ayudaría en nada —respondió Carleone al levantarse. Entonces juntó los brazos y gritó: —¡Medari! —una invocación que hizo que un enorme poder saltar a de sus manos y buscara elcuerpo de Noryad.

—¡Tu fuerza no alcanzará para acabar conmigo! —rió Noryad y expulsó por la boca un fuerte poder que chocó con el poder enviado por Carleone.

—Con ese no, pero con este sí: ¡Optyaaaax! —Carleone hizo un movimiento que generó una energía superior a la anterior que se fue en dirección de Noryad. Noryad dio media vuelta para esquivar el golpe, pero el poder lo alcanzó, lo golpeó con mucha fuerza y lo lanzó fuera del palacio através de una pared. Carleone corrió para ver el daño que le había causa- do al enemigo, pero no vio ni un solo rastro; afuera sólo caía una lluvia pertinaz.

C. R.V. Cerdán

—¡Ingenuo!, ¡creíste que me habías derrotado con eso! —dijo Noryad justo detrás de este, desde el centro de la cámara en ruinas. Carleone pensó que el poder de Noryad no había disminuido y que, por el contrario, iba en aumento.

Mientras tanto la batalla en Draguna continuaba. La resistencia guiada por los discípulos de Carleone estaba terminando con el Ejército Koante, pero al precio de muchas valientes vidas. Los grandes magos tenían la capacidad de comunicarse por medio de telepatía.

—Ullen, Ullen, Ullen, ¿me escuchas?

—Sí, Magnus —respondió Ullen.

—¿Has sentido el poder que viene del palacio? —preguntó Magnus.

—Sí, logro percibirlo; es impresionante la batalla que se está librando —contestó Ullen.

—Tenemos que ir a apoyar a Carleone cuanto antes —propuso Magnus.

—¡Pero el maestro nos prohibió ayudarlo!

—Sabes que si no vamos, morirá —repuso Magnus.

—El poder de Noryad es extremo, ni siquiera Carleone podrá derrotarlo. ¿Dónde te encuentras? —preguntó Ullen.

—Voy camino al palacio por el lado norte. —Respondió Magnus a su compañero.

—Entonces te veré en la entrada principal. —Ullen confirmó con él su arribo.

Los dos guerreros se dirigieron hacia el palacio, para apoyar a Carleone en la batalla, pero no sabían que ahí los esperaba un peligro aún mayor. Magnus llegó solo y vio la entrada del palacio destrozada, con rastros de la feroz batalla que ahí se había librado. Entre los escombros encontró un dragón gris muy mal herido.

—¿Qué pasó aquí?, ¿quién te atacó? —preguntó Magnus.

—Eran dragones rojos. Sólo logramos detener a tres de ellos; los demás acabaron con nosotros. Ten mucho cuida... —dijo el dragón herido, pero la vida lo abandonó antes de terminar la frase.

—¡Mira!, ¡nuestra próxima víctima! —dijo una voz proveniente del cielo. Magnus volteó y vio un grupo de dragones rojos volando en círculo encima de él.

—¡Con que fueron ustedes los que acabaron con los dragones grises! —dijo Magnus mientras los señalaba con el brazo derecho. Entonces dos de los dragones bajaron y se colocaron uno de cada lado.

—Disfruta tus últimos momentos de vida —dijo uno de los dragones a Magnus.

—¡No perdonaré lo que le han hecho a la guardia del rey! —respondió Magnus.

—Tú solo no te vas a enfrentar a nosotros, ¿verdad? — retó el dragón rojo.

De pronto, se escuchó una voz y apareció un brillo sobre el hombro derecho de Magnus; era un rayo que chocó contra el dragón que se encontraba de ese mismo lado y lo lanzó muy lejos.

—¡No está solo!, ¡juntos los vamos a derrotar! —era la voz de Ullen, quien se colocaba ahora cerca del dragón que había atacado.

—¡Ullen!, ¡qué bueno que llegaste! Es momento de enseñarles a estos dragones nuestro entrenamiento —dijo Magnus.

El dragón que se encontraba junto a ellos brincó hacia atrás y se suspendió en el aire. Al llamado de "¡dragones!, ¡vengan a mí!", los otros dragones que sobrevolaban en círculos bajaron a toda velocidad a enfrentarse a los dos guerreros. Mientras tanto, dentro de la cámara principal:

—Carleone, deja de intentarlo, jamás podrás derrotarme. ¡Mírate!, casi no tienes fuerza —dijo Noryad.
—No puedo darme por vencido. No importa lo fuerte que seas, ¡tengo que seguir intentándolo! —Carleone dijo estas palabras con poco aliento y apenas se pudo levantar tras haber recibido una serie de ataques brutales. Su ropa estaba hecha jirones por la batalla.
—¿Cómo es posible que pueda seguir en pie? Lo más intrigante es la marca que tiene entre los ojos. Cada vez que recibe uno de mis ataques, el color de la marca aumenta en intensidad. Tengo que acabar con él cuanto antes —pensó Noryad.

Una marca de color rojo apareció entre los ojos de Carleone y se extendió de la frente hasta parte de la nariz. No sólo eso, una imagen se comenzó a visualizar en el pecho y espalda de Carleone. El tono de color de la figura en el pecho era rojo y en la espalda era azul, era un Golaudre (símbolo del Mundo Azul).

Noryad voló a toda velocidad hacia Carleone y le lanzó una serie de golpes que lo derribaron una vez más. Noryad se acercó y lo levantó del cuello con ambas manos, estrangulándolo.

—Fuiste el mejor guerrero con el que he peleado, llegué a quererte como a un hijo. Mi mejor discípulo, el más fuerte con el que llegué a combatir, pero es momento de morir.

C. R.V. Cerdán

Noryad comenzó a apretar la garganta de Carleone con tal violencia que pronto se escucharon los huesos del cuello de Carleone estrellándose unos contra otros, rompiéndose. Carleone, con los ojos desorbitados, trataba de detenerlo sujetándolo por los brazos, las imágenes que se dibujaban en el cuerpo de Carleone iban y venían de intensidad decolor una y otra vez, poco a poco aumentaban.

Entonces un pequeño resplandor comenzó a surgir de las manos de Carleone y el brillo en su cara se tornó más intenso. La marca de Carleone cambió del rojo al azul. Noryad, notándolo, abrió lentamente la boca e hizo que de ella surgiera una pequeña bola de energía negra que crecía rápidamente. Si Noryad atacaba con ella, dada la corta distancia entre ambos, el golpe sería fulminante.

Las alas de Noryad se abrieron como si fuera a emprender el vue- lo y se tomaron un brillo en morado con una gran intensidad, cambiando de un momento a otro el color a un negro profundo. Acompañado este cambio al mismo tiempo toda la piel se transformó por completo. Los ojos del dragón se cambiaron a morados y su energía aumentó como nunca lohabía hecho.

El cuerpo de Carleone fue expuesto con una mezcla de colores en rojo y azul provenientes de su pecho y espalda, las imágenes marcadas del Golaudre se podían ver perfectamente. El brillo de las imágenes llenaba el cuarto de luz, pasando por las grietas e iluminando el palacio enestos tonos.

Ambos guerreros estaban en la mayor concentración de poder. De la fuerza que estaban emitiendo se separaron unos cuantos metros. Los ojos de Carleone se tornaron azules por completo, acompañados de la marca roja de la frente que se tornó azul.

C. R.V. Cerdán

—¡Fykaaaaaav! —gritó Carleone y de sus manos salieron dos rayos en tono azul a toda velocidad que se estrellaron contra el pecho de Noryad. El golpe fue fulminante, atravesó el pecho del dragón que con un gran rugido respondió el ataque emitiendo un gran poder de su boca y direccionándolo al mago. El poder impactó en la imagen del Golaudre   con un tono morado, y de la fuerza atravesó el cuerpo de Carleone. Una vez que paso esto, ambos poderes se impactaron juntos y generaron una gran explosión.

El impacto fue tremendo: lo que quedaba de las paredes y el te- cho se derrumbó y los dos volaron impulsados por la fuerza del impacto. Una gran luz inundó el lugar y el palacio se alumbró por completo. Un trueno grave y profundo se escuchó en los cielos momentos después.

—¿Sentiste eso, Magnus? —preguntó Ullen.

—Sí. Nadie puede sobrevivir a algo así —dijo Magnus.

—Tenemos que ir ya, ¡el tiempo se agota! —sugirió Ullen.

Ullen y Magnus bajaron del cielo, que era su campo de batalla, y se encaminaron

hacia la cámara principal. Estaban por llegar cuando una voz los detuvo.

—¿Adónde creen que van?, esto no se ha terminado aún. Queda- mos tres.

Era la voz de uno de los dragones rojos, que cerraba su camino.

—Magnus, ¡es momento de terminar con ellos!, ¡utiliza la heren- cia de nuestro

maestro! —alentó Ullen a Magnus.

—¡Serán derrotados! —dijo Magnus mientras sacaba el cetro del dragón.

Magnus embistió a uno de los dragones, pero a pocos pasos de distancia frenó en seco, sujetó el cetro con ambas manos y apuntando al dragón gritó: —¡Astron! —Un deslumbrante poder emergió del cetro y golpeó al dragón en el pecho, expulsándolo con violencia de donde se encontraban.

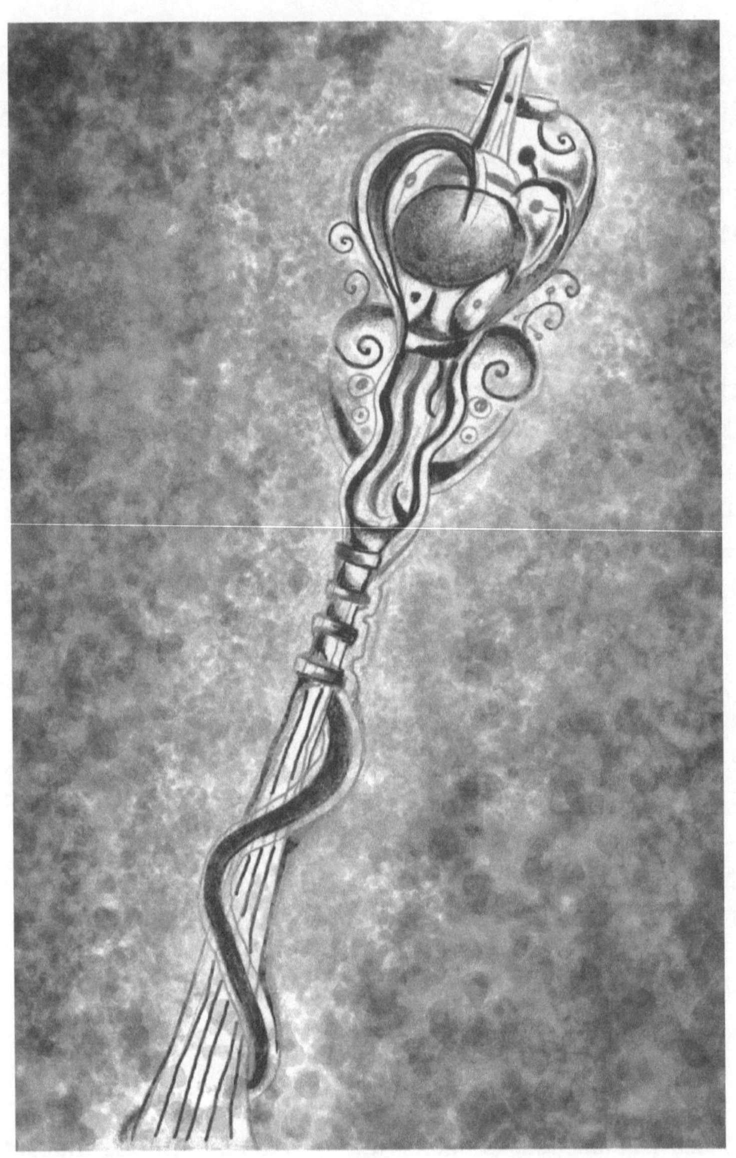

C. R.V. Cerdán

Ullen se colocó justo en medio de los otros dos dragones. Estos escupieron dos grandes llamas de fuego que más adelante se unieron en una sola. Ullen tomó la espada de su espalda y nuevamente partió la llama en dos.

—Yo seré su verdugo el día de hoy —dijo Ullen y clavó la espada en el pecho de uno de los dragones.

Luego se dio media vuelta para quedar frente al otro, estiró el brazo derecho y sacó la espada del enemigo. Entonces, con un movimiento de media luna sobre el otro, le dio muerte.

—Listo, Magnus, vamos rápido a la cámara —Ullen le dio la indicación a su compañero para ir a ayudar a Carleone.

Llegaron a lo que quedó de la cámara principal. Estaba completa- mente destruida y la cubría una nube de polvo muy grande que no dejaba ver con claridad lo ocurrido. El cielo comenzó a despejarse y poco a poco cesó la lluvia. Magnus buscó bajo los escombros:

—¡Ullen!, ¡ven rápido!, ¡mira lo que he encontrado! —Magnus le indicó a su amigo que lo siguiera.
—¡No es posible!, ¡no lo puedo creer! —gritó Ullen asombrado.
—¡Es verdad! ¡Es Noryad derrotado! No se siente ningún rastro de vida en él —señaló Magnus.
—Tienes razón, es Noryad sin vida —dijo Ullen inclinado sobre el cuerpo—. ¡El maestro lo logró! Sabía que sólo él lo podía hacer —se asombró Ullen.
Escucharon un ruido que provenía de los escombros del otro lado de la sala. Se dirigieron de inmediato hacia allá y encontraron un brazo que sobresalía.

C. R.V. Cerdán

—¡Es Carleone! ¡Rápido, Ullen, ayúdame a sacarlo! — gritó Magnus exaltado.

Quitaron los escombros y vieron el cuerpo de Carleone muy malherido. Ullen se acercó y le dijo en voz baja:

—¡Maestro, maestro, contesta por favor!
—¿Dónde está Noryad? —preguntó Carleone con mucha dificultad para hablar.
—¡Lo lograste, maestro!, ¡terminaste con él! —respondió Magnus con lágrimas en los ojos.
—Deben quemar su cuerpo y brindarle los honores de un gran guerrero, fue un gran maestro, que sea recordado como tal.
—dijo el maestro en voz baja a sus discípulos—. ¡Este es un mundo hermoso!

Entonces Carleone cerró los ojos. La marca de entre los ojos des- apareció y su vida se extinguió.

—¡Maestro!, ¡maestro Carleone! —susurró Magnus con tristeza en los ojos.
—Amigo, él ha muerto, pero nosotros debemos continuar con lo que nos ha enseñado y proteger al Mundo Azul —dijo Ullen a Magnus.

Justo cuando amanecía y salían los primeros rayos de luz en Ghrahes, Dyaron levantó la cabeza y, mirando al cielo, exclamó con voz fuerte, aunque algo debilitada por el llanto: —Hijo mío, te has sacrificado por mí. No tengo forma de expresar mi agradecimiento. Cumpliste con tu palabra hasta el final. Nunca se olvidará tu nombre: Carleone.

Cuando el líder terminó de hablar, todos los dragones que se encontraban en Ghrahes gritaron al unísono con las cabezas apuntando al cielo: —¡Graaaaaaa!

C. R.V. Cerdán

9 786079 679903